D1721695

Buch

Die Witwen der Stadt Broome im Nordwesten Australiens scheinen leichte Beute für einen Mörder zu sein. Kaum ist Kriminalinspektor Bonaparte angekommen, da wird wieder eine Witwe ermordet – der dritte Fall innerhalb weniger Wochen. Aber diesmal ist der Mörder nicht ganz so vorsichtig.

»Bony« stellt ihm eine Falle – mit der vierten Witwe als Köder...

Autor

Artur W. Upfiled, geboren 1888 in England, wanderte nach Australien aus und bereiste per Anhalter diesen Kontinent. Seine dabei als Pelztierjäger, Schafzüchter, Goldsucher und Opalschürfer gewonnenen Erfahrungen fanden Eingang in 28 Kriminalromane. Hauptfigur ist der sympathische Inspektor Bonaparte, der mit faszinierender Findigkeit verzwickte Situationen und menschliche Probleme zu entwirren versteht. Upfield starb 1964, und »Reclams Kriminalromanführer« meint zu seinem schriftstellerischen Lebenswerk: »Seine Krimis gehören zum Besten, was die australische Literatur zu bieten hat.«

Von Artur W. Upfield außerdem im Goldmann Verlag:

ARTHUR W. UPFIELD
DIE WITWEN VON BROOME

Kriminalroman

Aus dem Englischen
von Kurt Wagenseil

GOLDMANN VERLAG

Titel der Originalausgabe: The Widows of Broome

Umwelthinweis:
Alle bedruckten Materialien dieses Taschenbuches
sind chlorfrei und umweltschonend.
Das Papier enthält Recycling-Anteile.

Der Goldmann Verlag
ist ein Unternehmen der Verlagsgruppe Bertelsmann.

© der Originalausgabe 1950 by Artur W. Upfield
© der deutschsprachigen Ausgabe
by Wilhelm Goldmann Verlag, München
Umschlaggestaltung: Design Team München, unter
Verwendung eines Fotos von
Tony Stone Bilderwelten, München
Druck: Elsnerdruck, Berlin
Krimi 142
Lektorat: Ge
Herstellung: Stefan Hansen
Made in Germany
ISBN 3-442-00142-0

10 9 8

Der erste von zwei Morden, die eine gewisse Ähnlichkeit miteinander hatten, regte die Bewohner von Broome nicht besonders auf. Der zweite jedoch wirkte bei ihnen wie eine Energiespritze. Sie warteten ungeduldig, ob die Polizei den Mörder ausfindig machte, aber nichts geschah. Sie beobachteten neugierig eine Abordnung der Mordkommission, die mit dem Flugzeug von Perth kam, und wurden allmählich unwillig, als sich dann noch immer nichts ereignete.

Der Polizeichef von Broome, einer kleinen Küstenstadt im Nordwesten Australiens, war Verwaltungsbeamter, kein Detektiv. Seine Aufgabe war, Recht und Ordnung in einem Gebiet von etwa 870 000 Quadratkilometern aufrechtzuerhalten, die Jagd nach einem Mörder lag ihm gar nicht. Er hatte zwei jüngere Assistenten, von denen einer Fachmann in der Verfolgung von Übeltätern im Busch und erfahren im Umgang mit eingeborenen Spurensuchern war. Als sie es nicht fertigbrachten, den Mörder des ersten Opfers zu entdecken und auch mit der Klärung des zweiten Mordes nicht weiterkamen, da rief ihr Chef die nächsthöhere Instanz zu Hilfe.

Von Perth kam ein Kriminalbeamter in Begleitung eines Fotografen und eines Sachverständigen für Fingerabdrücke. Diese drei blieben zwei Wochen. Darauf setzte Inspektor Walters seine Verwaltungsarbeit fort – und der Mörder spazierte weiter durch Broome.

Am fünfundzwanzigsten Juni nachmittags um vier saß Inspektor Walters vor der Schreibmaschine in seinem Büro, grimmig entschlossen, während der Dienstzeit einen Privatbrief zu schreiben. Er war ein hagerer, sehniger Mann, einsachtzig groß.

Er schob einen Umschlag in die Maschine und adressierte ihn an Direktor Sylvester Rose, Cave Hill College, Broome. In dem Brief bedauerte er die mangelhaften Englischkenntnisse seines Sohnes und bat, dem abzuhelfen.

Inspektor Walters setzte schwungvoll seinen Namen unter den Brief, klebte eine Briefmarke auf den Umschlag und warf den Brief in den Behälter für abgehende Post.

Sergeant Sawtell war in dienstlichem Auftrag zum Flugplatz

gegangen. Pedersen war mit einem seiner Spurensucher in den öden McLarty-Bergen hinter einem Eingeborenen her, der wegen Mißhandlung seiner Frau gesucht wurde, und Clifford holte eine Auskunft über den Arbeitsvertrag eines indonesischen Perlenfischers ein. Inspektor Walters war allein.

Es war im Juni, also mitten im australischen Winter, und die Temperatur im Büro war angenehm. Als ein Auto vor der Treppe zum Büro hielt, brummte der Inspektor etwas in sich hinein, das ein Fluch sein konnte. Er tat so, als läse er einen Bericht. Durch die mit Fliegengittern versehene Doppeltür trat eine Frau. Sie trug eine honiggelbe Hose zu einer modischen Bluse und wirkte – obschon Ende der Dreißig – noch ziemlich jung.

»Guten Tag, Inspektor«, sagte sie in einem nichts Gutes verheißenden Tonfall. Ihre braunen Augen hatten einen harten Ausdruck, als sie Walters ansah, der sich bei ihrem Eintritt erhoben hatte. »Ich bin gekommen, um Ihnen einmal meine Meinung zu sagen. Haben Sie etwas dagegen?«

»Die Polizei steht der Öffentlichkeit jederzeit zu Diensten.«

»Meiner Meinung nach ist die Polizei keinen Schuß Pulver wert, wenn zwei hilflose Frauen ermordet werden, ohne daß bisher eine Verhaftung erfolgt ist. Ich verstehe das nicht. Niemand in Broome versteht das. Einen armen Chinesen, der Opium raucht, haben Sie gleich am Wickel, aber diesen Kerl, der zwei Frauen erwürgt hat, können Sie nicht erwischen. Zwei Frauen, bedenken Sie – nicht nur eine!«

Inspektor Walters versuchte die Dame zu beruhigen. Die Mordkommission aus Perth würde schon zur gegebenen Zeit jemanden verhaften. Es käme ein Inspektor von der Kriminalpolizei her, um die Nachforschungen fortzusetzen.

»Wir wollen Ergebnisse sehen«, fuhr die Frau fort. »Hier in Broome herrsche ich – vergessen Sie das ja nicht!«

Die Frau drehte sich um, um zwei Männer von oben bis unten zu mustern, die gerade eintraten. Der eine trug Polizeiuniform, der andere Zivilkleidung. Sie fuhr fort: »Wenn nicht bald ein Ergebnis vorzuweisen ist, werde ich diese elende Herumpfuscherei in den ›West Coast News‹ anprangern, denn diese Zeitung gehört mir, Mr. Walters, falls Sie es noch nicht wissen sollten . . . und ebenso gehört mir der ›Perth Saturday Record‹ . . . und ungefähr die Hälfte vom ›Perth Daily Reporter‹.«

Die Frau wandte sich von Inspektor Walters ab. Sie nickte

dem zweiten Polizisten zu, der sich gerade an einen Tisch setzte und einen Federhalter zur Hand nahm. Der Zivilist hatte ihnen den Rücken zugedreht. Er studierte eine Wandkarte von Broome und Umgebung, und als er fühlte, daß er beobachtet wurde, wandte er sich um. Dem zornigen Blick der Frau begegneten Augen, die so blau und sanft waren wie der Indische Ozean an diesem Tage.

»Wer sind Sie?« fragte sie.

»Mein Name ist Knapp.«

»Sind Sie von der Polizei?«

»Streng genommen nicht. Ich bin Psychiater.«

»Was soll das heißen?«

Die Dame runzelte die Stirn. Die dunkle Hautfarbe des Fremden wies darauf hin, daß er ein Mischling war. Sie war froh, ihm gegenüber gleich so forsch aufgetreten zu sein. Aber als er nun lächelte, war sie gar nicht mehr froh darüber.

»Darf ich erfahren, wer Sie sind?«

»Ich bin Mrs. Sayers. Als Psychiater sind Sie am richtigen Platz. Die Leute haben hier alle einen Knacks weg. Zwei wehrlose Frauen sind ermordet worden, und niemand kann den Mörder finden.« Sie schritt auf die Tür zu. Auf der Schwelle drehte sie sich noch einmal um und schaute den Fremden an. Ihre Augen hatten jetzt einen viel sanfteren Ausdruck.

Der Fremde verbeugte sich leicht. Sie hörten, wie auf dem Gang ihre Absätze energisch über das Linoleum klapperten. Inspektor Walters trat vor und streckte die Hand aus.

»Wenn sie richtig loslegt, könnte man sie für eine Xanthippe halten«, erklärte er, »aber gewöhnlich ist sie sehr nett. Freut mich, daß Sie da sind, Inspektor Bonaparte.«

Inspektor Walters überflog das Schreiben, in welchem er die Anweisung erhielt, Inspektor Napoleon Bonaparte jede mögliche Unterstützung zuteil werden zu lassen. Es handle sich um die Untersuchung der beiden Morde – des am Abend des zwölften April an Mrs. Elise Cotton und des am Abend des fünften Mai an Mrs. Jean Eltham begangenen. Es folgten weitere Ausführungen.

»Wir alle werden gern mit Ihnen zusammenarbeiten«, sagte der Inspektor.

»Danke.« Bony zündete sich eine Zigarette an. »Zusammenarbeiten – ja, das ist das richtige Wort. In Mordsachen bin ich Spezialist. Ich weiß wenig von der Berufsroutine und den Verwaltungsaufgaben der Polizei. Somit steht jeder von uns an seinem richtigen Platz. Alle meine Freunde nennen mich Bony. Würden Sie mir die Ehre erweisen, auch Sergeant Sawtell und Sie zu meinen Freunden rechnen zu dürfen?«

Das verschlossene Gesicht des Inspektors erhellte sich, und Sergeant Sawtell, der Bony vom Flugplatz abgeholt hatte, ließ erkennen, daß er sich sehr geschmeichelt fühlte.

»Wir sind beide froh, daß Sie hier sind«, erklärte Walters. »Wir haben bereits genug normale Arbeit auf dem Hals. Ein Kollege ist im Busch hinter einem Eingeborenen her, und der andere ist gerade aus dem Krankenhaus entlassen worden, da er sich im Chinesenviertel einen Messerstich zugezogen hatte. Wissen Sie schon, wo Sie wohnen wollen?«

»Nein, noch nicht. Wie ich höre, gibt es hier fünf Hotels.«

»Meine Frau und ich würden uns freuen, wenn Sie bei uns wohnen würden.«

»Ich nehme Ihr Anerbieten mit Freuden an. Ich werde versuchen, Ihrer Frau möglichst wenig Ungelegenheiten zu machen.« Bony begleitete diese Worte mit einem liebenswürdigen Lächeln. »Wir können uns dann jederzeit, wenn es Ihnen und Sawtell paßt, zu einer Lagebesprechung zusammensetzen. Ich weiß, Sie haben genug Verwaltungsarbeit, so daß Ihre Zeit immer knapp bemessen ist. Es wäre eine ausgezeichnete Idee. Ich würde dann als Freund gelten, der bei Ihnen zu Besuch ist.«

Nach kurzem Schweigen fragte Bony: »Mrs. Sayers ist hier wohl eine tonangebende Persönlichkeit?«

»Genau das. Sie besitzt ein Kaufhaus, zwei Hotels, sechs Fischkutter und die Hälfte aller Häuser. Ihr Vater war Perlenhändler. Ihr Mann besaß das Kaufhaus, handelte mit Perlmutt, und es gehörten ihm eine große Anzahl Kutter. Sie hat mehr Geld als die Königin von England . . . und gibt es schneller aus als ein Playboy.«

Bony wurde in ein geschmackvoll möbliertes Wohnzimmer geleitet, dort einen Augenblick allein gelassen und dann Mrs. Walters vorgestellt. Sie war eine schmächtige dunkle Frau und gefiel Bony auf den ersten Blick.

»Sie sind also Inspektor Bonaparte!« rief sie aus. »Wissen Sie, ich habe eine Schwester in Brisbane, die mit Kriminalsergeant Knowles verheiratet ist, und durch sie haben wir viel von Ihnen gehört. Ich freue mich, daß mein Mann Ihnen vorgeschlagen hat, bei uns zu wohnen.«

»Das ist wirklich ganz reizend von Ihnen beiden.«

»Wir haben nämlich schreckliche Angst wegen dieser Morde. Man fragt sich schon, wer als nächste drankommt. Und keine Spur – keine einzige Spur, wer diese Morde begangen hat und warum. Der Kerl scheint sich nur ein Vergnügen gemacht zu haben. Sie mögen doch sicher eine Tasse Tee?«

»Das ist eine Frage, die ich nie verneine«, erwiderte Bony.

Walters bot Zigaretten an.

Es war klar, daß Walters und seine Frau unter schwerem Druck gestanden hatten, denn ihre Freude über Bonys Ankunft war unverkennbar. Walters war in der wenig beneidenswerten Lage, Polizeichef in einer kleinen Stadt zu sein, in der jeder den anderen kennt, einer entlegenen Küstenstadt, wo die Menschen zusammenhalten müssen, wenn sie nicht geistig verkümmern wollen – einer Stadt, in der der Polizeichef eine der wichtigsten Persönlichkeiten ist. Daß es einem Mörder gelungen war, sich der Entdeckung zu entziehen, hatte dem gesellschaftlichen und amtlichen Ansehen Walters' einen Stoß versetzt.

Mrs. Walters brachte den Tee.

In der Tür erschien ein Junge, die Schultasche in der Hand. Seine Augen sprühten vor Aufregung, und als sein Vater ihn scharf fragte, was er wolle, antwortete er: »Abie macht die Benzinkur, Papa. Er liegt im Hof.«

Der Inspektor sprang auf und ging zur Tür. Von einer Benzinkur hatte Bony noch nie gehört. Er bat Mrs. Walters um Entschuldigung und eilte hinter den beiden her, die durch die Küche auf die hintere Veranda gelangt waren. Vor dieser lag ein großer Hof, der auf der einen Seite durch Ställe und Schuppen, auf der anderen durch eine Reihe von etwa einem Dutzend Zellen abgegrenzt war. Hundert Meter vom Haus entfernt wuchs ein einsamer Gummibaum. Auf den Zehenspitzen schlichen sich Vater und Sohn zu dem Baum.

Eine mit viel zu großen Stiefeln und einer viel zu großen Jacke bekleidete Gestalt lehnte, halb sitzend, halb liegend mit dem Rücken am Stamm, und nur an den Händen konnte man sie als Eingeborenen erkennen, denn der Kopf war mit einem außerordentlich schmutzigen Hemd umwickelt.

Mit schneller Handbewegung riß der Inspektor das Hemd weg, faßte den Mann beim Rockkragen und richtete ihn auf wie eine Puppe. Das runde Gesicht hatte einen leeren Ausdruck. Mit der Linken gab der Inspektor dem Bündel ein paar Ohrfeigen und brüllte: »Woher hast du das Benzin, Abie? Heraus mit der Sprache!«

»Auto gemelkt.«

»Schön, mein Junge. Ich werde mich mit dir später beschäftigen, wenn du wieder auf den Füßen stehen kannst.« Walters ließ den fast bewußtlosen Mann zu Boden gleiten. Sein Sohn kniete sich neben ihn und legte Abies Kopf behutsam auf den verbeulten Filzhut. »In einer Stunde ist er wieder auf den Beinen. Die Eingeborenen finden immer wieder neue Mittel, sich einen Rausch zu holen. Darin kann sie keiner schlagen.«

»Einer von Ihren Spurensuchern?« erkundigte sich Bony.

»Ja. Dieser ist ein fauler Teufel. Immer machen sie Dummheiten, wenn Pedersen nicht hier ist und sie ständig im Auge behalten kann.«

»Aber er ist nicht so schlimm wie Mr. Dickenson, nicht wahr, Papa?«

»Schlimmer! Dickenson trinkt nur die Säure von Autobatterien.«

2

Broome hat keine Hauptstraße. Es gibt dort kein zentrales Geschäftsviertel, keine großen Läden. Es gibt dort weder einen Bahnhof noch eine Buslinie. Broome hat jedoch einen Flughafen, aber niemand weiß, wann ein Flugzeug ankommt oder wann es abfliegt. Manchmal geht auch ein Schiff bei Flut an der langen Mole vor Anker.

Die Stadt liegt hinter den Küstendünen und breitet sich auf der Fläche nördlich des Dampier-Flusses weit aus. An den breiten Straßen sitzen die Häuser wie alte Damen in Reifröcken, alte Damen, die viel zu vornehm sind, um von ihren Nachbarinnen die geringste Notiz zu nehmen.

Das Gebäude der Polizeistation, das Inspektor Walters und seiner Familie auch als Wohnhaus diente, befand sich auf einem vier Morgen großen Gelände mit einzeln stehenden Bäumen, dürrem Gras und nacktem Boden. Es stand auf Pfählen, die einen Meter über den Boden ragten. Es enthielt viele luftige Zimmer.

Am Tag der Ankunft Bonys in Broome saßen beim Abendessen Inspektor Walters und seine Frau, ihr vierzehnjähriger Sohn Keith, ihre dreizehnjährige Tochter Nanette und Inspektor Bonaparte. Bony fühlte die leichtgespannte Atmosphäre und eröffnete die Unterhaltung.

»Sie erwähnten jemanden«, bemerkte er, »der die Säure aus Autobatterien trinkt. Welche Folgen stellen sich ein?«

Keith öffnete den Mund zu einer Antwort, schloß ihn aber wieder auf einen warnenden Blick seiner Mutter hin.

»Er muß natürlich ins Krankenhaus«, erwiderte Inspektor Walters. »Ein sonderbarer Kauz, dieser Dickenson, aber gar nicht so übel, wenn er nüchtern ist. An jedem Quartalsersten bekommt er eine kleine Geldsumme in die Hand, und die reicht dann zwei Wochen lang für Whisky. Da er in den Kneipen keinen Kredit hat, zapft er, wenn er wieder auf dem trockenen sitzt und sich gerade die Gelegenheit bietet, eine Autobatterie an und trinkt die Flüssigkeit. Wenn man ihn dann findet, muß man ihn natürlich ins Krankenhaus bringen. Batteriesäure soll selbst ein guter Magen nicht vertragen können.«

»Zu zäh, um wegen einer solchen Kleinigkeit abzukratzen. Er säuft das Zeug natürlich nicht unverdünnt. Zehn Tropfen auf ein Glas Wasser sind das richtige Quantum, habe ich gehört.«

»Ein armer Kerl«, mischte sich Mrs. Walters ein. »Die Leute machen ihn schlimmer, als er ist. Er war immer ein recht ordentlicher Mann und hat einmal ein großes Vermögen besessen.«

»Lebt er schon lange in Broome?«

»Schon fünfzig Jahre. Der große Sturm im März vor zwanzig Jahren hat ihm endgültig den Hals gebrochen. Einundzwanzig Kutter und hundertvierzig Menschen gingen dabei verloren, und mit drei Kuttern sah der alte Dickenson den Rest seines Vermögens ins Meer sinken.« Walters stieß heftig den Atem durch die Nase. »Man hat von mir verlangt, ihn aus der Stadt auszuweisen, aber ich kann mich nicht dazu entschließen. Er schadet niemandem, nur sich selbst. Man kann einen Menschen nicht einfach davonjagen, wenn die nächste Stadt über zweihundert Kilometer nordwärts und die zweitnächste fünfhundert Kilometer südwärts liegt.«

»Alle Jungen mögen ihn gern«, warf der junge Keith ein. »Wie der von fremden Ländern erzählen kann und von seinen Abenteuern mit südamerikanischen Indianern!«

»So«, sagte Bony, »das ist interessant.«

»Ja, und ich sehe nicht ein, warum der alte Stinker uns verbieten möchte, mit ihm zu sprechen –«

»Wie oft habe ich dir schon gesagt, daß du deinen Direktor nicht den alten Stinker nennen sollst!« unterbrach ihn Walters gereizt. »Deine Mutter und ich kratzen jeden Pfennig zusammen, um dir eine gute Erziehung zu ermöglichen, und das einzige, was dabei herauskommt, ist, daß du immer schnodderiger sprichst. Morgen kannst du dich sowieso auf allerlei gefaßt machen.«

»Von diesem Cave Hill College habe ich schon gehört«, bemerkte Bony besänftigend. Mrs. Walters war sich nicht ganz sicher, ob nicht sein rechtes Augenlid gezuckt hatte, als er sie ansah. »Sehr gute Schule, nicht wahr?«

Walters erklärte, dieses College gehöre zu den besten Schulen Australiens, sogar Eltern aus Perth schickten ihre Kinder dorthin, und in dem weiten Hinterland habe die Schule ein großes Einzugsgebiet.

»Es werden jetzt etwa fünfhundert Schüler dort sein«, fuhr er fort. »In der Mehrzahl sind es Interne. Wir konnten uns die hohen Unterbringungsgebühren nicht leisten.«

»Aber es gibt hier doch sicher noch eine staatliche Schule?« fragte Bony, um die Unterhaltung in Fluß zu bringen.

»Ja, sogar eine ziemlich große. Auf die geht Nan, und sie macht sich sogar sehr gut.«

»Bravo!« sagte Bony lächelnd zu dem Mädchen, das rot und verlegen wurde. »Sag mal, Keith, warum nennt ihr denn euren Direktor den alten Stinker?«

Der Junge zögerte mit der Antwort – und diesmal zwinkerte Bony ganz deutlich.

»Weil er Rose heißt.«

»Ah, so! Jetzt wird mir die Anspielung klar: Rose – Duft – Gestank. In welcher Klasse bist du?«

Das Thema Schule und die dauernde Erhöhung des Schulgeldes brachte die Mahlzeit langsam zum Abschluß.

Eine Stunde später machten es sich Bony, Walters und Sergeant Sawtell im Amtszimmer bequem. Walters sagte einleitend, er nehme an, Bony habe den amtlichen Bericht über die beiden Morde und die mehr ins einzelne gehenden Ausführungen der Kommission aus Perth gelesen.

»Ja, den amtlichen Bericht kenne ich«, sagte Bony, »nicht aber die näheren Erläuterungen, weil ich mir nicht gern den klaren Blick durch eine Unmenge Material trüben lasse. Daher weiß ich also so gut wie nichts, was über das ärztliche Gutachten hinausgeht, das feststellt, beide Opfer seien von demselben Mörder erwürgt worden. Die näheren Einzelheiten möchte ich gern von Ihnen hören.«

Die beiden Beamten schauten sich an.

»Berichten Sie die Tatsachen, Sawtell«, sagte Walters. »Sawtell«, erklärte er Bony, »hat sich auf die Asiaten und die verdächtigen Einheimischen konzentriert. Pedersen ist Fachmann für den Busch. Wissen Sie, wir sind alle ein bißchen geknickt, daß wir den Kerl einfach nicht ausfindig machen können. Es rührt an unsere Berufsehre. Darf ich Sie etwas fragen? Stimmt es, daß Sie bisher jeden Fall aufgeklärt haben?«

»Es stimmt«, sagte Bony. »Es stimmt, weil ich es bis jetzt noch nie mit einem wirklich geschickten Mörder zu tun hatte.«

Walters lächelte frostig.

»Für uns jedenfalls ist dieser Mörder zu geschickt, für die Kollegen aus Perth ebenfalls. Der Kerl, mit dem wir es da zu tun haben, ist schlau wie der Teufel.«

Sawtell fiel Walters ins Wort: »Er steht so weit über dem Durchschnitt, daß er keine Fingerabdrücke hinterläßt. Er mordet auch nicht aus Gewinnsucht, begeht nie den Fehler, sich unmittelbar vor oder nach seinem Verbrechen sehen zu lassen, hinterläßt keine Fußabdrücke – unsere Spurensucher jedenfalls haben keine gefunden.«

»Die Sache wird immer reizvoller«, meinte Bony fast im Flüsterton. »Sind Ihre Spurensucher in Form?«

»Ja. Pedersen schwört auf beide. Er muß es wissen, denn sie begleiten ihn nicht nur auf seinen üblichen Patrouillengängen, sondern auch bei besonderen Anlässen.«

»Sind sie jetzt mit ihm fort?«

»Nein. Einer ist auf Urlaub in seinem Lager am Fluß, und der andere ist der Bursche, den wir bei seiner Benzinkur entdeckten.«

Das schwarze Haar, die dunkle Hautfarbe und die scharfen Gesichtszüge des im Drehstuhl sitzenden Kriminalbeamten gaben dem Sergeanten Rätsel auf. So erging es den meisten, die Bony zum erstenmal sahen. Die klaren blauen Augen vervollkommneten den Widerspruch.

»Bis den Menschen Flügel wachsen, müssen sie auf zwei Füßen gehen«, sagte Bony. »Ich sehe ein Problem, auf das ich oft gestoßen bin – die Kluft zwischen dem Denken des Weißen und dem Geist des Australnegers ... Genauso weit wie sich der Geist des Okzidentalen von dem des Orientalen unterscheidet, genauso weit unterscheidet sich die Denkweise des australischen Buschpolizisten von der des weißen Polizisten. Durch meine Geburt und meine Erziehung bilde ich eine Brücke, welche die Kluft zwischen ihnen überwindet. Zweifellos hat der Mörder Spuren hinterlassen.«

»Warum haben dann –«, begann Walters.

»Ihre Hilfskräfte wußten nicht genau, wonach sie suchen sollten. Haben Sie ihnen nicht gesagt, was für ein Mann die Morde begangen hat?«

»Wieso? Das wissen wir doch selbst nicht.«

»Nun, dann konnten Sie auch nicht erwarten, daß man Spuren von ihm fand. Hätten die Schwarzen die richtigen Anweisungen erhalten, hätten sie am Tatort des zweiten Mordes Spuren sehen können, die ihnen vielleicht schon am Tatort des ersten Mordes aufgefallen waren – aber selbst dann hätten sie außergewöhnlich intelligent sein müssen. Wenn es sich um einen weißen Mörder handelt, so muß man ihn dem Schwarzen beschreiben: die Art, wie er geht, wie alt und schwer er ungefähr ist, seinen Gesundheitszustand und so weiter.«

»Aber«, protestierte Sawtell, »wir haben nicht die geringste Ahnung, wie dieser weiße Mörder aussieht.«

»Zugegeben. Es wird meine Aufgabe sein, mir aus winzigen Fetzen und Stückchen ein Bild des Mörders zusammenzusetzen. Wenn es nicht anders geht, muß ich mir aus dem Staub Broomes ein Bild von ihm machen, so daß ich seine Gedanken kenne, daß ich ungefähr weiß, wie alt er ist und was für einen Beruf er hat. Und dann werde ich seine Spuren suchen – unabhängig von Ihren schwarzen Hilfspolizisten. Ich besitze zugleich die Fähigkeit des Weißen, richtige Schlußfolgerungen zu ziehen, und die Beobachtungsgabe des Schwarzen, und vor allem seine Geduld. Mißerfolg könnte ich nur haben, wenn der Mörder die Stadt verlassen hat. Würden Sie beide wohl so freundlich sein, mir einen kleinen Gefallen zu erweisen?«

»Aber gewiß, Inspektor Bonaparte!« versicherte ihm Inspektor Walters sofort. Die Persönlichkeit und die Ausführungen dieses Mannes raubten ihm in seinem eigenen Amtszimmer das Gefühl unbedingter Überlegenheit.

»Nennen Sie mich bitte einfach Bony. – So, jetzt wollen wir uns unseren zwei Morden widmen. Lassen Sie sich nicht stören, wenn ich Sie unterbreche – und sich nicht von Ihrer Gedankenfährte abbringen. Schießen Sie los!«

Inspektor Walters nickte Sawtell zu. Der Sergeant räusperte sich.

»Acht Kilometer vor der Stadt befindet sich am Cuvierfluß eine kleine Wasserfläche, die das ganze Jahr nicht austrocknet – und am Rande dieses Wassers steht Dampiers Hotel. Der Ort ist ein beliebtes Ausflugsziel der Bevölkerung Broomes.«

»Ruf?« fragte Bony.

»Gut. Ein Mann namens George Cotton hatte dort fünfzehn Jahre lang die Ausschankkonzession. Er war einmal im Süden ein großer Fußballheld gewesen. Mit ihm hat es nie Schwierigkeiten gegeben. Als er die Konzession erhalten hatte, heiratete er. Nach seinem Tod war seine Frau noch jung, und ihr einziges Kind, ein Junge, war acht Jahre alt.

Cotton wurde eines Nachmittags auf der Entenjagd zufällig erschossen. Es ergab sich nicht der geringste Verdacht, daß das Unglück etwa nicht zufällig passiert wäre. Nach seinem Tod erhielt seine Frau die Konzession. Das war vor drei Jahren. Sie brachte den Jungen in das Cave Hill College und stellte für die Bar und für die Geschäftsführung einen Mann ein, der im ganzen Nordwesten als ›der schwarze Mark‹ bekannt ist.

Im vergangenen April, genau gesagt am zwölften, war den ganzen Nachmittag hindurch großer Betrieb im Hotel gewesen, da mehrere Gesellschaften aus der Stadt einen Ausflug dorthin gemacht hatten. Auch am Abend gab es genug zu tun, aber Mrs. Cotton hatte sich schon früh zurückgezogen, da sie, wie sie Mark erzählte, eine schlimme Migräne hatte und zu Bett gehen wollte. Ein Mann, der aus der Hoftür zu seinem Zimmer ging, stolperte über einen am Boden liegenden Körper. Es war eine dunkle Nacht – und er war leicht angesäuselt. Er dachte, er sei über einen Betrunkenen gestolpert.

Es war etwa halb zwölf Uhr. Der Beschwipste riß ein Streichholz an, um zu sehen, wer da im Weg lag, aber was er sah, machte ihn gleich so nüchtern, daß er in die Hotelbar zurücklief und verkündete, Mrs. Cotton läge nackt mitten auf dem Hof.

Natürlich glaubten das weder der schwarze Mark noch die anderen Gäste, aber sie gingen schließlich doch mit Taschenlampen hinaus, und da lag tatsächlich Mrs. Cotton splitternackt und neben ihr das Nachthemd. Pedersen und ich kamen mit unserem Spurensucher um zehn Minuten vor eins dort an. Die Leiche war nicht berührt und nicht bewegt worden. Man hatte sie aber mit dem Nachthemd bedeckt. Ringsherum war der Boden von mindestens dreißig Leuten zertreten worden.

Es war auf den ersten Blick klar, daß Mrs. Cotton erwürgt worden war. Der Arzt kam ein paar Minuten nach uns. Die Frau war so zugerichtet, daß das Genick gebrochen war. Wir haben die Angaben des Mannes, der sie gefunden hat, genau nachgeprüft. Über dreißig Leute wurden genau befragt. Der Zeitraum zwischen dem Verlassen der Bar und seinem plötzlichen Wiedererscheinen war so kurz, daß er als Täter nicht in Betracht kam . . .«

»Steht die Zeit fest, wann die Frau zu Bett gegangen ist?« unterbrach Bony.

»Ja. Es war zwanzig nach neun. Der Betrunkene fand sie etwa um halb zwölf auf dem Hofe. Ihre Verletzungen waren –«

»Darüber später. Wie sah Mrs. Cottons Schlafzimmer aus?«

»Es war in tadelloser Ordnung. Sie war zu Bett gegangen. Ein Röhrchen Aspirin und ein zur Hälfte mit Wasser gefülltes Glas standen in völliger Ordnung auf dem Nachttisch. Im Schlafzimmer war nicht die geringste Spur eines Kampfes zu bemerken.«

»Wie war das Wetter in jener Nacht?«

»Ruhig und dunkel. Ein leichter Dunst verschleierte die Sterne.«

»Warm?«

»Nicht so warm, daß eine Frau Lust bekommen könnte, nur mit dem Nachthemd angetan im Hof spazierenzugehen.«

»Wie war Mrs. Cottons Ruf in moralischer Hinsicht?«

»Ausgezeichnet.«

»Das Verhör der Männer in der Bar ergab nichts, was von Interesse gewesen wäre?«

»Nichts. Auch aus dem Personal und den Gästen, die zu dieser Zeit nicht in der Bar waren, war nichts herauszuholen.«

»War das Nachthemd irgendwie beschädigt?«

»Ja«, erwiderte Sawtell. »Es war hinten von oben bis unten aufgerissen. Das war absichtlich geschehen, weil der Halssaum außerordentlich schwer aufzureißen war, wie ich selbst festgestellt habe.«

»Ich war bei Tagesanbruch draußen«, erklärte Walters. »Wir haben jede nur irgendwie in Betracht kommende Person ausgefragt, aber jede konnte ihr Alibi durch die Aussagen einer oder mehrerer anderer Personen nachweisen.«

»Und wir haben uns vergeblich über das Motiv den Kopf zerbrochen, wir fanden einfach keins«, ergänzte Sawtell. »Ich kannte Mrs. Cotton noch länger als der Inspektor. Ich bin überzeugt, daß sie keinem der in den Schlafzimmern auf der Hofseite wohnenden Männer einen Besuch abstatten wollte. Wenn sie übrigens die Absicht gehabt hätte, würde sie zu einem solchen Abenteuer nicht nur ein dünnes seidenes Nachthemd angezogen haben. Wie gesagt, das Motiv ist uns vollständig unklar.«

»Hm ... Wir haben jetzt den fünfundzwanzigsten Juni ... seit dem Mord sind mehr als neun Wochen verflossen«, murmelte Bony. »Nun erzählen Sie etwas von dem zweiten Mord.«

3

»Das zweite Opfer war eine Mrs. Eltham«, fuhr Sawtell fort. »Sie arbeitete hier zuerst in einem Hotel. Später heiratete sie den Eigentümer eines Perlenfischer-Kutters und hatte keine Geldsorgen mehr. Wenn ihr Mann während der Saison von April bis Dezember auf See war, arbeitete sie als Bardame. Ihr Verhalten während der Abwesenheit ihres Mannes schien uns nicht ganz einwandfrei.«

»In moralischer Beziehung?« fragte Bony.

»Es war nicht gerade herausfordernd, aber immerhin ... Nun, vor einigen Jahren tauchte Eltham selbst. Er war schon einige Male unten gewesen, aber er war kein erfahrener Taucher. Niemand weiß eigentlich, was ihm zugestoßen ist, da keiner der Berufstaucher mit ihm unten war. Man brachte von Eltham nur den Teil wieder nach oben, der in seinem Taucherhelm steckte.

Die übliche Leichenschau fand statt, und er konnte zur Beerdigung freigegeben werden. Mrs. Eltham gab ihre Stelle im Hotel auf und blieb zu Hause, wo sie in diskreter Weise Männerbesuche empfing. Der Pfarrer und der Direktor des College traten an uns heran, wir sollten sie aus der Stadt ausweisen, aber . . .«

»Sie erregte kein öffentliches Ärgernis«, unterbrach der Inspektor. »Sie war übrigens keine gewöhnliche Frau, sondern sogar gebildeter als die meisten hiesigen Frauen. Wenn wir alle ausweisen wollten, über die andere etwas Schlechtes sagen, würde bald die ganze Stadt leer sein. Fahren Sie fort, Sawtell!«

»Wie der Inspektor sagt, diese Mrs. Eltham sah nicht nur gut aus, sie war auch eine gebildete Frau. Sie gab gern Einladungen, bei denen es immer gesittet zuging. Sie wählte ihre Freunde sorgfältig aus. Sie war immer gut, nie auffällig gekleidet. Als wir ihr Haus durchsuchten, fanden wir allerlei hübsche Sachen. Und Dutzende von Büchern – von den besten Büchern. Es entsprach alles dem, was wir später von ihr erfuhren.«

»Daß sie einfach gegen die Gesellschaft rebellierte?«

»Das müßte ungefähr zutreffen. Sie hatte keine Dienstboten im Haus. Eine Zugehfrau kam jeden Morgen um acht und ging abends um sechs wieder fort. Diese Frau fand gewöhnlich die Küchentür bei ihrer Ankunft offen. Wenn sie geschlossen war, ging sie wieder nach Haus und kam gegen Mittag wieder. Am Morgen des sechsten Mai fand sie die Küchentür verschlossen. Als sie mittags zurückkehrte, war die Tür noch immer verschlossen. Sie ging wieder fort und kam gegen vier wieder. Die Tür war noch immer nicht auf. Die Frau verständigte uns, und ich ging mit ihr hin, um nachzusehen. Ich brach die Küchentür auf. Es steckte kein Schlüssel im Schloß, er wurde auch nie gefunden. Die Fliegenschutzgitter an den Fenstern waren alle von innen geschlossen. Die Überreste von Mrs. Elthams Abendessen standen auf der Bank neben dem Küchenausguß. Das Haus befand sich in vollkommener Ordnung. Wir wissen nicht, wie der Mann eingedrungen ist.«

»Wir nehmen an, daß er sich ins Haus geschlichen und sich dort verborgen hat, bis Mrs. Eltham abends abschloß – oder Mrs. Eltham kann ihn selbst hineingelassen haben. Den Küchenschlüssel hat er dann in seiner Aufregung, nachdem er die Tür verschlossen hatte, mitgenommen«, bemerkte der Inspektor ergänzend.

»Es ist beides möglich«, stimmte Sawtell bei. »Ich fand Mrs. Eltham auf dem Bett liegend. Die Bettdecke war zurückgeschoben, wie wenn sie entweder das Bett verlassen wollte oder weil ihr zu warm war. Die Leiche war unbekleidet. Das Nachthemd lag neben dem Bett und war von oben bis unten aufgerissen. Der Arzt stellte fest, sie sei auf dieselbe Weise erwürgt worden wie Mrs. Cotton. Das Genick war jedoch nicht gebrochen.«

»Pedersen war damals hier und nahm Abie mit . . .«

»Einen Augenblick bitte! Glauben Sie, daß der Mörder Mrs. Elthams Schlafzimmer in Ordnung gebracht hat, nachdem er sie getötet hatte, oder sprach der Augenschein dafür, daß er sie auf dem Bett festhielt, als er sie erwürgte?«

»Wir glauben, daß er das Zimmer aufgeräumt hat. Es will uns scheinen, daß er der Toten das Nachthemd ausgezogen hat, es aus irgendeinem Grund zerrissen und es auf dem Boden neben dem Bett liegengelassen hat . . . Sie werden sich erinnern, daß auch Mrs. Cottons Nachthemd neben ihrer Leiche gefunden wurde.«

»Haben Sie Fotografien?«

»Ja.«

»Pedersen war also da. Wo war der Spurensucher, den er bei sich hatte, als Mrs. Cotton ermordet wurde?«

»Auf Urlaub bei seinem Stamm«, erwiderte Sawtell. »Abie war gerade da, und Pedersen hält große Stücke auf ihn. Aber er hatte an diesem Abend nichts zu melden, weil alle Wege um das Haus zementiert sind. Man konnte von der Straße hereinkommen und um das ganze Haus spazieren, ohne auch nur einmal den Fuß auf weiche Erde zu setzen.«

»Abie fand gar nichts?«

»Nichts. Er zeigte auf den Zement und lachte.«

»Wurde er ins Haus geführt?« fragte Bony mit Nachdruck.

»Nein. Warum?«

»Woraus bestand der Fußbodenbelag?«

»Aus Linoleum, auf dem hier und da kleine Matten lagen. Etwas jedoch fiel uns auf. Der Hauptschalter der elektrischen Leitung war abgestellt.«

»Wohnt jetzt ein neuer Mieter in dem Haus?«

»Nein. Sowohl wir wie auch die Kollegen aus Perth haben alles so gelassen, wie es war. Wir haben die Schlüssel hier.«

»Gut!« Diese Mitteilung interessierte Inspektor Bonaparte offenbar sehr. »Der Arzt meint also, daß beide Frauen von demselben Mann getötet wurden. Aber zwischen beiden scheint gar kein Zusammenhang zu bestehen, sie haben nur das eine gemeinsam, daß beide Witwen waren.«

»Witwen, die noch sehr anziehend waren.«

»Und beide hatten Geld.«

»Mrs. Cottons Hinterlassenschaft ist vom Nachlaßgericht noch nicht freigegeben. Sie beträgt viele tausend Pfund.«

»Wer ist der Erbe?«

»Ihr Sohn. Er bekommt außer fünfhundert Pfund, die dem schwarzen Mark vermacht sind, alles. Mark ist der Vormund des Jungen.«

»Dieser Geschäftsführer ist nicht uninteressant. Wissen Sie etwas Näheres über ihn?«

Sawtell gab gern Auskunft. »Er hat sein ganzes Leben hier im Nordwesten zugebracht, versuchte sich in allen möglichen Berufen: Viehtreiber, Goldsucher, Schiffskapitän, Kutterbesitzer, Taucher, Hotelier, Kaufmann und noch vieles andere. Er hat schwarzes Haar und schwarze Augen und ist so stark, daß er einen kräftigen Mann fast mit einer Hand erwürgen könnte – und dabei muß er schon nahe an die Fünfzig sein. Er besitzt Grund und Boden in Broome. Ich wollte, es ginge mir finanziell so gut wie ihm. Er hat einmal zu Pedersen gesagt, er wolle jetzt endlich in ruhigeres Fahrwasser kommen, aber er müsse etwas zu tun haben. Dampiers Hotel erschiene ihm als ein guter Ankerplatz. Mrs. Cotton scheint sehr zufrieden mit ihm gewesen zu sein. Er ist nicht verheiratet und scheint sich der Frau und des Jungen angenommen zu haben. Wir können nichts gegen ihn vorbringen. Wenn ihm nicht zwei Personen, die an jenem Abend in der Bar mit ihm zusammen waren, ein stichfestes Alibi verschafft hätten, würde ich ihn allerdings mit anderen Augen ansehen.«

»Auch der Fingerabdruckexperte konnte nichts in Mrs. Elthams Haus finden«, stellte Bony fest. »Nach den Angaben der Zugehfrau hat sie fast eine Woche vor ihrem Tod keinen Besuch von einem ihrer Freunde erhalten – und die Zimmer wurden täglich gereinigt und aufgeräumt. Sie ist doch zuverlässig – diese Zugeherin?«

»Ja«, schaltete sich nun Inspektor Walters ein. »Doch was halten Sie von den zerfetzten Nachthemden? Sie scheinen der gemeinsame Nenner bei beiden Verbrechen zu sein.«

»Allerdings«, gab Bony zu. »Ein weiterer ist der Umstand, daß sich die Schlafzimmer der Opfer in guter Ordnung befanden – das sind jedoch nicht gemeinsame Nenner der zwei Frauen, sondern des Täters. Die Tatsache, daß beide Opfer Witwen waren, kann von Bedeutung sein oder auch nicht. Ich sehe keine. Eine der beiden Frauen war nach dem offiziellen Bericht streng moralisch, die andere nicht so ganz. Die eine lebte allein, die andere war ständig von ihrem Personal und ihren Gästen umgeben. Die Kollegen aus Perth haben sicher die Vergangenheit beider eingehend untersucht, aber sie konnten für den Mord kein Motiv finden. Sie geben allerdings die Möglichkeit zu, daß einer von Mrs. Elthams Freunden nicht so reichlich mit Glücksgütern gesegnet war und daher vielleicht von ihr verschmäht wurde. Haben Sie übrigens eine Liste von Mrs. Elthams Freunden?«

»Ja, haben wir«, antwortete der Sergeant. »Ich möchte sie gern mit der Liste aus Perth vergleichen.«

»Das werden wir morgen tun. Wir werden auch eine Liste der anziehenden Witwen von Broome aufstellen. Es wäre schlimm, wenn noch eine erwürgt würde. Wenn der Mörder sich noch in Broome befindet, wird er fast sicher noch einmal zuschlagen«, fuhr Bony fort. »Da er schon zweimal unentdeckt geblieben ist, wird er sich nicht zurückhalten können. Er hat jetzt höchste Macht gekostet und wird sich diesen Genuß nicht mehr versagen können. Es soll kein Motiv vorhanden sein? Dieser Mörder hat ein Motiv! Die Befriedigung des Hasses ist ein Motiv. Und wenn ich die Ursache entdeckt habe, werde ich wissen, wer es ist.«

»Inzwischen kann er also seelenruhig eine andere umbringen«, sagte Walters scharf.

»Ja, das wäre möglich. Bei diesen beiden Morden ist es ihm in hervorragendem Maße gelungen, jede Spur zu verwischen, und doch hat er bereits trotz all seiner Schlauheit begonnen, das Netz zu knüpfen, in dem er sich fangen wird. Diese unbewußt begonnene Arbeit ist jedoch unglücklicherweise noch nicht klar genug, noch nicht so weit fortgeschritten, daß ich die Anlage des Netzes erkennen könnte, die er aber unvermeidlich – sagen wir mit seinem sechsten oder siebenten Mord – bloßlegt.«

»Zum Teufel mit Ihnen und dem Mörder!« explodierte Walters. »Sechs oder sieben Morde! Hier in Broome!«

»Für einen solchen Menschen ist es leichter, hier in Broome sechs Morde zu begehen, als in Perth oder in London oder in New York. Hier kennt jeder jeden. Hier stattet fast jeder einmal dem anderen einen Besuch ab. Wurden die Fußböden in Mrs. Elthams Haus abgesaugt – und der Staub und Schmutz zur Untersuchung geschickt? Nein.

Was sollen wir also tun? Wenn wir alle Witwen Broomes vor einem Angriff schützen, wird der Mörder sich Zeit lassen, bis die Schutzmaßnahmen wieder aufgehoben sind. Tun wir es nicht, wird er zuschlagen, bis er sich endlich durch irgend etwas verrät – oder, meine Herren, bis ich mir durch meine eigenen Entdeckungen und meine eigenen Methoden ein Bild von ihm machen kann. Wenn ihm noch eine zum Opfer fallen sollte, werde nur ich dadurch Schaden nehmen.«

»Und das Opfer!« sagte Sawtell mit freudlosem Grinsen.

»Ich bin weder kalt noch selbstsüchtig – noch scherze ich«, sagte Bony ernst. »Sie, meine Herren, waren hier an Ort und Stelle, als diese zwei Verbrechen begangen wurden. Ebenso waren es die Spezialisten aus Perth vierundzwanzig Stunden nach Entdeckung des zweiten Mordes. Weder Sie noch die anderen haben eine Spur festgestellt, können ein vernünftiges Motiv vorbringen oder haben durch scharfsinnige Schlußfolgerungen einen Verdächtigen finden können.

Daraus kann niemandem ein Vorwurf gemacht werden. Die Umstände sind so, daß ein von einer Wahnidee befallener, mit außergewöhnlicher Schlauheit ausgestatteter Verbrecher zwei Morde begangen hat, ohne gefaßt zu werden. Zweifellos hätte er auch mich vor ein Rätsel gestellt. Er könnte dieselbe Tat noch ein drittes Mal begehen, ohne daß ich ihn sofort fassen könnte, aber wenn er es tut, werde ich ihm wenigstens todsicher auf die Spur kommen. Wir haben fünf oder sechs Tage Zeit, um uns auf diesen nächsten Streich vorzubereiten.«

Sawtell fragte, was diese Gnadenfrist von fünf oder sechs Tagen bedeuten sollte.

»Beide Morde sind in einer mondlosen Nacht begangen worden. Der Mörder setzt sich nicht der Gefahr aus, beobachtet zu werden. Wir haben Zeit, Pläne zu machen. Wir haben Zeit, nach dem Diamanten der Wahrheit zu schürfen. Unser Mörder setzt sich keiner Gefahr aus – wir müssen es tun. Ich allein werde das zu verantworten haben.

Widmen Sie sich Ihren normalen Amtsgeschäften und behalten Sie mich weiter als Gast bei sich. Ich habe schon vor ähnlichen schwierigen Problemen gestanden und eine ebenso große Verantwortung auf mich genommen. Ich habe nie Scheu vor ihr gehabt – darum bin ich jetzt Kriminalinspektor Napoleon Bonaparte. Sie, Walters, und Sie, Sawtell, brauchten nur über

Zäune zu steigen, um Ihre Stellung zu erreichen. Ich habe dazu Himalajagipfel erklettern müssen.«

Die zwei Männer rauchten schweigend. Sie hatten sich über dieses Halbblut schon vor seiner Ankunft unterhalten, denn Mrs. Walters' Schwester, die mit einem Kriminalsergeanten aus Bonys Abteilung verheiratet war, hatte ihnen Stoff genug geliefert. Ein wenig Glück, ein scharfer Geist, ein angenehmes Wesen – aus diesen Bestandteilen hatte nach ihrer Meinung das Rezept bestanden, das Bony zum Erfolg verholfen hatte. Sie wurden eines Besseren belehrt.

4

Bony schlief ausgezeichnet in der ersten Nacht, die er in Broome verbrachte. Er las gerade die Berichte und Feststellungen der Beamten aus Perth, als er hörte, wie Mrs. Walters ihre Kinder zum Frühstück rief. Sie kamen vom Hof herbeigelaufen, wo sie Abie zugesehen hatten, der ein Pferd zuritt. Die Augen des Jungen glühten vor Bewunderung für den Eingeborenen und die Augen des Mädchens vor Bewunderung für das Pferd.

»Jetzt frühstückt und redet nicht so viel, sonst werdet ihr zu spät zur Schule kommen«, ermahnte Mrs. Walters. Aber sie wollten Bony gern von dem Pferd und dem Zureiter erzählen, und er nickte ihnen ermunternd zu.

»Wie weit hast du zum College?« fragte er schließlich Keith.

Er erfuhr, daß es drei Kilometer bis dorthin waren, die der Junge mit dem Rad zurücklegte. Das Mädchen ging zu Fuß.

»Am Samstag haben wir Schulfeier«, sagte er mit strahlendem Gesicht. »Kommen Sie. Da werden die Sachen ausgestellt, die wir gebastelt haben. Papa fährt Mam und Nan hin, da können Sie leicht mitfahren. Nachmittagstee im Freien und ähnliche dufte Sachen. Da lernen Sie unsern alten Stinker kennen, reißt manchmal mächtig die Klappe auf, aber beißen tut er nicht.«

Bony machte ein Gesicht, als wäre er nicht abgeneigt. Da unterstützte Nanette ihres Bruders Bitte.

»Ja, kommen Sie bitte mit, Mr. Knapp. Es wird Ihnen sicher Spaß machen. Meinst du nicht auch, Mama?«

»Mr. Knapp wird wohl zu tun haben«, sagte Mrs. Walters.

»Am Samstag ist das also?« fragte Bony. Dann nickte er und sagte: »Ja, ich komme gern mit. Ich möchte mir gern die Bastelarbeiten ansehen.«

»O ja, Mr. Knapp!« riefen beide Kinder, und der Junge sagte: »Ein Mordzeug gibt's da zu sehen, mit der Hand sind wir tüchtig. Aber das feinste ist natürlich die Festwiese am Nachmittag. Da gibt's Tee und alles mögliche, da können sich alle toll und voll fressen, alles umsonst.«

Inspektor Walters kam herein und setzte sich an den Frühstückstisch. Die beiden Kinder standen auf. Mrs. Walters lächelte ihnen zu, und der Inspektor sagte: »So, nun mach dich an die Arbeit, Keith. Du hast in der letzten Zeit sträflich gebummelt. Und daß du mir ja auf der Straße, nicht auf dem Gehsteig fährst, sonst . . .«

»Wird gemacht, Papa. Stell dir vor, Mr. Knapp wird am Samstag mitgehen.«

Der Inspektor nickte interessiert. Als die Kinder fort waren, sagte er: »Dem jungen Herrn steht heute eine kleine Überraschung bevor. Ich habe mich bei dem alten Stinker über seine Ausdrucksweise beschwert. Warum wir eigentlich Schulgeld bezahlen, weiß ich nicht.«

»Hoffentlich hast du Mr. Rose nicht zu scharf geschrieben«, meinte Mrs. Walters. »Er gibt sich solche Mühe mit den Jungen und interessiert sich für jeden einzelnen.«

»Mach dir keine Sorge, Esther. Ich habe mich sehr höflich ausgedrückt. Ich weiß sehr wohl, daß der Direktor und auch die Klassenlehrer nicht die ganze Zeit auf Ausdrucksfehler achten können, aber sie sollten wenigstens wissen, daß wir es nicht billigen.«

Für Bony war das ein guter Tagesanfang. Er sagte, er werde sich jetzt gründlich an die Arbeit machen und müßte vielleicht sogar eine Weile Sawtells wertvolle Zeit in Anspruch nehmen. Er verbrachte den Morgen mit dem Studium der Berichte und Festellungen der Polizei von Broome und verglich sie mit den Untersuchungsergebnissen, die er aus Perth mitgebracht hatte. Nach dem Mittagessen faßte er dann die Geschichte der beiden Mordfälle übersichtlich zusammen, und um halb fünf läutete er bei Dr. Mitchell, bei dem Walters ihn angemeldet hatte.

Dr. Mitchell war ein kleiner, rundlicher Mann mit rotem Gesicht. Er sprach sehr schnell.

»Nehmen Sie Platz, Inspektor. Wenn ich Ihnen behilflich

sein kann, sehr gern. Ah, ich darf nicht vergessen, was mir Walters gesagt hat. Sie wollen hier als Mr. Knapp auftreten. Darf ich Ihnen einen Kognak anbieten, oder wollen Sie einen Augenblick auf Tee warten?«

»Sehr liebenswürdig, Doktor. Tee wäre mir lieber, wenn es Ihnen keine Umstände macht.«

»Aber durchaus nicht. Er ist schon unterwegs. Es freut mich sehr, sie kennenzulernen. Ich habe von Ihnen schon durch einen Kollegen, Dr. Fleetwood, gehört. Sie wollen mit mir, wie ich annehme, über die beiden Erdrosselungen sprechen, nicht wahr?«

»Ja, das ist der Grund meines Besuches«, sagte Bony ernst. »Ich werde Ihre Zeit nur kurz in Anspruch nehmen. Ich habe Ihren Bericht studiert und möchte mir über zwei Punkte, die darin angeführt sind, weitere Auskunft holen.«

»Gut. Ich will sie Ihnen gern erteilen, wenn ich kann.«

»Danke. Es wird wohl am einfachsten sein, wenn ich Fragen stelle. Ist es richtig, daß beim Erwürgen der Tod sofort eintreten kann?«

»Durchaus richtig. Ein plötzliches und heftiges Zusammendrücken der Luftröhre verursacht oft sofortige Bewußtlosigkeit und unmittelbaren Tod. Ich bin mir nicht ganz sicher, aber ich halte es für wahrscheinlich, daß diese zwei Frauen, die hier in Broome erwürgt wurden, ohne jeden Kampf starben, so brutal war der Griff, der sie umklammerte.«

»Ihr Bericht stellt fest, daß sie durch die Hände des Mörders und nicht durch einen Strick oder ein anderes Mittel getötet wurden. Würden Sie sagen, daß der Mörder Ihrer Meinung nach außerordentliche Kraft in den Händen hatte?«

»Ohne Zögern.«

»Eine andere Frage. Sie beschreiben die Verletzungen, welche die Frauen erlitten haben, sehr genau, aber mich würde vor allem die Beantwortung der folgenden Frage interessieren: Waren die Hände des Mörders kurz- oder langfingrig? Ich gebe zu, daß diese Frage nicht leicht zu beantworten ist.«

Dr. Mitchell überlegte eine halbe Minute.

»Das kann ich nicht mit Sicherheit sagen. Es tut mir leid. Dürfte ich eine Vermutung äußern?«

»Natürlich. Sie könnte mir vielleicht weiterhelfen.«

»Ich hätte Ihnen sicher eine bestimmte Auskunft geben können, wenn die Frage vor oder sofort nach der Leichenschau gestellt worden wäre. Ich vermute, daß der Mörder weder lang-

noch kurzfingrige Hände hat und daß die Handfläche länger als gewöhnlich ist, das heißt, daß die Entfernung von den Fingerspitzen bis zur Handwurzel länger als durchschnittlich ist. Ist das klar?«

»Durchaus. Können Sie mir vielleicht etwas über die Fingernägel sagen?«

»Sie waren kurz geschnitten. Ich möchte sagen, es sind gut gepflegte Nägel.«

»Das ist nicht nur eine Vermutung?«

»Nein. Es ist meine Meinung, die sich auf die Ausbreitung der blutunterlaufenen Stellen gründet.«

Eine Lubra, wie die Eingeborenenmädchen genannt werden, kam mit einem Teetablett herein. Sie trug ein weißes Häubchen und eine weiße Schürze über einem braunen Kleid und Schuhe mit flachen Absätzen. Ihre Augen nahmen plötzlich einen erstaunten Ausdruck an, als sie Bony erblickte. Sie setzte das Tablett abrupt auf den Tisch und verließ das Zimmer wieder.

Der Arzt schenkte den Tee ein, und Bony betrachtete seine Hände. Es waren sonnengebräunte, große und geschickte Hände. Er stand auf, ging zur Tür, öffnete sie und schloß sie wieder.

»Verzeihen Sie meine Eigenmächtigkeit. Ich dachte, das Mädchen hätte die Tür angelehnt gelassen, und ich möchte gern, daß unsere Unterhaltung vertraulich bleibt.«

»Schon recht«, sagte der Arzt etwas ungehalten. »Diese Lubra versteht kaum ein Wort Englisch. Zucker gefällig?«

»Hatte eines der beiden Opfer Schrammen an den Schultern?« fragte Bony, während er einen Schluck Tee trank.

»Ja, Mrs. Cotton hatte Hautabschürfungen an den Schultern. Warum?«

»Glauben Sie, daß die Frauen lagen oder standen, als sie getötet wurden?«

»Das kann ich nicht sagen. Ist das von Bedeutung?«

Bony entzog sich der Antwort. Er stellte eine neue Frage. »Mrs. Cotton war einen Meter achtzig, für eine Frau also sehr groß. Wenn sie von einem Mann mit einer kleineren Statur getötet wurde, könnte ich mir denken, daß seine Handgelenke sehr hart auf ihre Schultern drückten. Glauben Sie, daß die Schrammen an den Schultern dadurch verursacht wurden?«

Dr. Mitchell sah Bony scharf an, dann nickte er und sagte: »Sie wurde von einem Mann ermordet, der hinter ihr stand.

Wenn sie ebenfalls gestanden hätte, könnte er allerdings mit den Handgelenken schwer auf ihre Schultern gedrückt haben.«

»Danke. Mrs. Eltham war einen Meter zweiundsiebzig groß. Bei ihr haben Sie angegeben, daß sie von vorn erwürgt wurde. Würden Sie vielleicht so gut sein, an mir zu demonstrieren, wie der Mörder Ihrer Meinung nach seinem Opfer die Hände um den Hals legte?«

»Gern. Warum nicht? Manchmal legt ein Mörder eine Hand über die Luftröhre und die andere auf den Nacken, um einen Gegendruck zu schaffen. Dieser umfaßte den Hals seines Opfers mit beiden Händen. Im ersten Fall schlossen sich die Finger über der Luftröhre, während die Daumen an der Wirbelsäule zusammenkamen, im zweiten Fall war die Stellung umgekehrt. Daher wissen wir, von welcher Seite her er sie erwürgte.«

»In welcher Stellung nun befanden sich die Opfer Ihrer Meinung nach, als sie getötet wurden? Standen sie oder lagen sie?«

»Nun, mir scheint, daß sie getötet wurden, während sie standen. Ist das wichtig?«

»Ja«, sagte Bony, »es hat seine Bedeutung. Wollen Sie nun bitte diese Griffe an mir demonstrieren?«

Er stand auf und drehte dem Arzt den Rücken zu. Er maß einen Meter achtundsiebzig, und der Arzt war nicht ganz zehn Zentimeter kleiner. Als die großen, geschickten Hände sich um Bonys Hals klammerten, drückten die Handgelenke, wie deutlich zu fühlen war, schwer auf die Schultern, direkt am Halsansatz. Bony bat den Arzt, die Handgelenke noch fester herabzudrücken. Ohne daß der Druck der Hände sich vermehrte, spürte Bony das Gewicht jetzt im Rücken und in den Knien.

Er lächelte, als er sich dem Arzt wieder zukehrte und dieser die gleiche Prozedur jetzt von vorn vornahm. Als seine Hände Bonys Hals umspannten, versuchte der Inspektor dem Arzt ein Knie in die Leistengegend zu stoßen. Der kleine Mann lachte und warf Bony so kräftig zurück, daß er das Gleichgewicht verlor.

5

Earle Dickenson saß im Schatten eines Baumes auf einer Bank. Er war groß und hager. Seine lange, gekrümmte Nase sah immer aus, als wäre sie erfroren. Sein dichtes weißes Haar war sorgfältig von seiner hohen Stirn zurückgebürstet. Der gepflegte Spitzbart erhöhte noch sein würdevolles Aussehen, doch die allgemeine Wirkung wurde durch seinen schäbigen und ein wenig schmutzigen Anzug verdorben.

Seiner Bildung nach war Mr. Dickenson jedem Einwohner Broomes überlegen. Er kannte alle Touristenstraßen der Welt und hatte mit allen Arten von Menschen zusammengelebt. Er hatte die vielen Jahre seines Lebens wirklich genossen, und seine Gesundheit hatte zweifellos den Alkoholteufel erfolgreich überlistet. Ein Beweis dafür, daß die Kinder ihn wirklich gern mochten, lieferte die Tatsache, daß er nie, wie es sonst Säufern geschieht, von Kindern verhöhnt worden war.

An diesem Nachmittag befand sich Mr. Dickenson in niedergedrückter Stimmung, was infolge eines völlig leeren Geldbeutels jedes Jahr viermal vorkam. Kredit hatte er schon seit vielen Jahren nicht mehr. Er war so deprimiert, daß er nicht einmal seine traurigen, müden Augen von dem schimmernd blauen Ozean abwandte, als Bony sich auf das andere Ende der Bank setzte.

Bony wußte, daß in jeder Stadt die Polizei auf Spitzel angewiesen ist und daß jede kleine Stadt zum mindesten einen Trinker hat, der solche Dienste leisten kann.

»Diese Aussicht müßte einen Künstler entzücken«, bemerkte Bony.

Mr. Dickenson drehte sich langsam um, um den Sprecher in Augenschein zu nehmen, aber was er sah, weckte sein Interesse nur langsam. Der schlanke, dunkle Mann, der da so lässig neben ihm saß, sah zwar ganz annehmbar aus, aber ein steifer Whisky ... Als Mr. Dickenson sich zum zweitenmal umdrehte, wurde die Prüfung schon mit gründlicherer Überlegung vorgenommen. Der Unbekannte trug eine tadellos gebügelte Gabardinehose und ein Seidenhemd. Die fast neuen Schuhe glänzten. Es wäre vielleicht der Mühe wert, ihm auf den Zahn zu fühlen.

»Sie ist nicht immer so – so entzückend«, sagte er. »Sie haben für Ihren Aufenthalt in Broome die beste Jahreszeit gewählt. Heute ist, glaube ich, der 26. Juni – oder irre ich mich?«

»Nein. Sie haben richtig geraten. Ist das Datum von Bedeutung?«

»Nur insofern, als daß es ganze vier Tage vor einem anderen wichtigen Datum liegt.«

»Tatsächlich?«

»Wenn Sie nämlich am 30. Juni in Broome wären, würde ich in der glücklichen Lage sein, Sie zu einem Glas Whisky einladen zu können.«

»Woraus zu entnehmen ist, daß Sie augenblicklich leider nicht in der glücklichen Lage sind.«

»Leider, mein Herr.«

Zwei Jungen kamen auf Fahrrädern vorbei. Sie kamen offenbar von der Schule und riefen sehr zuvorkommend: »Guten Tag, Mr. Dickenson.«

»Schönen guten Tag«, erwiderte er und winkte ihnen zu. Bony bemerkte, daß die Hand seines Nachbarn langfingerig und sauber war. Dickenson fragte: »Sind Sie zu Besuch hier?«

»Ja, ich bleibe wahrscheinlich ein paar Wochen.«

»Um diesen Ort voll würdigen zu können, müssen Sie mindestens ein Jahr bleiben. Einen solchen Ort gibt es auf der ganzen Welt nicht wieder. In diesem Punkt spreche ich als Kenner. Wenn Sie sich für solche Dinge interessieren, werden Sie finden, daß der weiße Teil der Bevölkerung in psychologischer Hinsicht äußerst interessant ist. Den Weißen fehlt es völlig an den geistigen Eigenschaften, die eine Persönlichkeit ausmachen. Beobachten Sie nur den Mann, der da kommt.«

Der Mann, der da kam, trug einen weißen Tropenanzug und einen weißen Tropenhelm. Er war wohlgenährt. Sein Blick war geradeaus gerichtet. Mr. Dickenson lachte aus vollem Halse, als der Mann vorüber war, und sagte: »Neunundneunzig Prozent von ihnen sind so. Vom Stirnknochen aufwärts von geistiger Lähmung befallen. Ich glaube, es ist der Einfluß des Klimas in Verbindung mit Enthaltsamkeit geistigen Getränken gegenüber. Um dieses Klima zu ertragen, um geistig wach zu bleiben, muß man trinken. Mäßig natürlich. Übrigens, in welchem Hotel wohnen Sie?«

»Ich wohne bei Inspektor Walters. Mrs. Walters und meine Frau sind zusammen zur Schule gegangen.«

»So. Sehr nette Leute, wenigstens mir gegenüber haben sie sich immer großmütig und verständnisvoll gezeigt. Der Inspektor hat immer zu tun und hält sich dadurch frisch. Der Mann, der da eben vorbeikam, ist Rechtsanwalt und hat Geld in Hülle und Fülle. Viele hier haben große Vermögen, sie haben sie dadurch erworben, daß sie Finanzgeschäfte mit Leuten machten, die um Schiffe und ihr Leben spielten. Sie bleiben hübsch zu Hause, wenn die Stürme blasen, kuscheln sich in die Ecken ihrer Bungalows, während tapfere Männer – Schwarze wie Weiße – im Rachen des Meeres verschwinden. In keinem Teil der Welt schießt der Eigendünkel so mächtig ins Kraut wie hier. Ja, die Walters habe ich sehr gern, sowohl ihn wie sie, auch Sawtell, obwohl er mich manchmal ein wenig grob behandelt.«

»Wie ich höre, haben sie in der letzten Zeit tüchtig zu tun gehabt«, bemerkte Bony. »Zwei Morde sind ein bißchen viel auf einmal.« Mr. Dickensons Interesse schien zu schwinden. Bony stand auf. »Darf ich Sie vielleicht vor dem Abendessen zu einem Schluck einladen?«

Mr. Dickenson schnellte hoch.

»Ich muß Ihnen aber leider mitteilen, daß ich Ihre Freundlichkeit vor dem Dreißigsten nicht vergelten kann.«

»Dann werde ich am Dreißigsten Ihr Gast sein. Wollen wir gehen?«

Als sie zu der Verandatreppe des Port Cuvier Hotels kamen, knüpfte Bonys Begleiter den Kragen seines alten Hemdes zu. Auf der breiten Veranda saßen viele müßige Leute an kleinen Tischen. Sie wurden von einem Kellner bedient, der die Uniform eines Stewards trug. Als sie die Stufen hinaufstiegen, sagte Mr. Dickenson laut: »Tagsüber macht hier alles einen gesitteten Eindruck, nachts weniger. In Broome begeht die Gesellschaft ihre Sünden nicht bei hellem Tageslicht.«

Man warf ihnen feindselige Blicke zu. Eine Frau kicherte. Bony nahm mit seinem Begleiter an einem leeren Tisch Platz. Er sah sich die Gäste an. Der Kellner sah auf Bony herunter und betrachtete Dickenson mit hochmütiger Verachtung.

»Was wollen Sie trinken?« fragte Bony.

Dickenson nannte Whisky mit Soda. Bony bestellte für sich Bier. »Das werden Sie bedauern«, sagte Dickenson. Bony rief daraufhin dem Kellner nach, er solle ihm Wermut mit Gin bringen.

»Man muß sich hier immer an scharfe Sachen halten und nie mehr als zwei Glas trinken. Ich habe gesehen, wie Männer, die diesen Grundsatz nicht beachteten, an Telegrafenstangen hinaufkletterten oder ins Meer hinausschwammen, um einen Haifisch zu suchen – oder im Ufersand mit einem spitzen Stock ausrechneten, wie viele Schuppen ein Barsch hat.«

»Womit verdienen diese Leute ihr Geld?« fragte Bony.

»Sie bringen sich dadurch durchs Leben, daß sie sich gegenseitig auffressen wie die Fische«, erwiderte Mr. Dickenson laut. »Die asiatischen Taucher und Kutterbesatzungen riskieren ihr Leben, um Muscheln an Land zu bringen – und die Weißen lungern herum wie faule, gefräßige Hyänen.«

Mr. Dickenson ließ keinen Zweifel darüber, daß er keine gute Meinung von den Bewohnern Broomes hatte. Bony hatte den Eindruck, daß er ihnen etwas von dem heimzahlte, was er von ihnen hatte einstecken müssen. Nach dem zweiten Glas erhob er sich, und der Alte tat desgleichen und ging mit ihm. Der Whisky hatte Dickensons Niedergeschlagenheit völlig`behoben. Nach einer kurzen Strecke Weges war er beinahe heiter.

»Sind Sie schon lange in Broome?« fragte Bony.

»Viele Jahre, Mr. . . . .«

»Knapp. Und Sie sind natürlich Mr. Dickenson.«

Der Alte nickte, und Bony stellte eine weitere Frage: »Sie kennen wohl so ziemlich jeden hier, nicht wahr?«

»Das kann ich wohl behaupten«, knurrte Dickenson. »Von vielen weiß ich mehr, als sie ahnen. Ein Mann, der so alt ist wie ich – ich bin zweiundachtzig –, hat wohl das Recht, seinen Zu- und Abneigungen Ausdruck zu geben. An stadtbekannten Sündern habe ich viele gute Eigenschaften entdeckt, während mir manche glattzüngigen Frömmler Ekel verursachen. Diese Tagesheiligen wechseln bei Eintritt der Dunkelheit überraschend die Farbe. Ich bin mehr für die unverkappten Sünder. Da weiß man wenigstens, woran man ist. Hier muß ich abbiegen. Ich danke Ihnen für Ihre liebenswürdige Einladung. Ich vertraue darauf, daß Sie mir die Ehre erweisen, am Dreißigsten mein Gast zu sein.«

Mr. Dickenson deutete eine Verbeugung an, die Bony ebenso erwiderte. Ohne weitere Worte gingen sie auseinander. Bony blieb der Satz im Gedächtnis haften: »Die Tagesheiligen wechseln bei Eintritt der Dunkelheit überraschend die Farbe.« Es würde sich lohnen, die Bekanntschaft mit Mr. Dickenson zu pflegen.

Vor dem Abendessen nahm sich Bony Abie vor, den schwarzen Spurensucher. Abie fütterte gerade das Pferd, das er zuritt. Bony leitete die Unterredung dadurch ein, daß er das Pferd bewunderte und den Reiter zu dem bereits errungenen Erfolg beglückwünschte. Der Abend war zwar kühl, aber doch nicht so sehr, daß Abie einen alten Militärmantel über seinem Hemd hätte tragen und seine Hosenbeine in lange Viehtreibergamaschen hätte stecken müssen. Die schweren Militärstiefel und der breitkrempige Filzhut waren bei Abies gegenwärtiger Beschäftigung gänzlich unangebracht. Man merkte ihm an, daß er auf seinen Rang als Hilfspolizist stolz war und sich bemühte, ihn durch militärische Kleidungsstücke noch zu erhöhen.

Die Narbe an der linken Wange rührte zweifellos von einem Messerstich her und war kein äußeres Zeichen der Stellung, die Abie bei seinem Stamm innehatte, aber das Loch in der Zunge, das sichtbar wurde, als er freudig über Bonys Komplimente lachte, war ein unumstößlicher Beweis dafür, daß er ein Medizinmann war.

»Du mit Flugzeug gekommen?« Als Bony nickte, sagte er: »Ah, du Polizist.«

»Nein, ich will nur ein bißchen herumschauen. Du bist schon lange Spurensucher hier?«

»Oh, lange, lange.«

Ein Medizinmann! Verschlagen, geschickt, verschwiegen. Sicher sehr einflußreich bei seinen Stammesgenossen. Ein ausgezeichneter Spürhund, der – sobald er einmal den Geruch aufgenommen hatte – zäh und erbarmungslos dem Wild nachjagte, bis er es stellte.

Während des Abendessens wurde Bony das Bild der Stadt Broome noch deutlicher. Er mußte dieses Bild erst ganz klar sehen, um die Stelle zu finden, wo seine Nachforschungen einzusetzen hatten. Er stellte seine Fragen mit einer bestimmten Absicht. Die Auskunft, die er erhielt, war zum Teil anscheinend ohne Wert, aber Bony merkte sich trotzdem jede Kleinigkeit.

Broome war Sitz eines Ordens, der eine Schule für eingeborene Kinder unterhielt. Verschiedene religiöse Sekten hatten Kirchen in der Stadt. Der Kreistag diskutierte über einen Antrag auf Erhöhung der Steuern. Für die kommende Woche war eine Protestversammlung gegen diesen Antrag einberufen. Es gab einen rührigen Frauenklub, dessen Vorsitzende und treibende Kraft Mrs. Sayers war. Ferner besaß Broome drei Kaufhäuser, zwei davon nördlich vom Postamt und eines im Chinesenviertel, in dem alle Asiaten einkauften und das die Besatzungen der Kutter mit Gebrauchsgegenständen und Lebensmitteln belieferte. Dieses gehörte Mrs. Sayers, aber sie leitete es natürlich nicht selbst, sondern hatte dafür einen Geschäftsführer. Ja, dort konnte man Zigarettentabak bekommen. Da es Freitag war, würde man dort bis neun einkaufen können.

Die Sonne vergoldete die Spitzen der Pappeln, als Bony in südlicher Richtung zum Chinesenviertel schlenderte.

Bis jetzt hatte er in seinen Nachforschungen kaum einen Fortschritt gemacht. Die Spur war zu kalt – so kalt wie Wüstensand in der Morgendämmerung. Seine Geduld wurde auf eine harte Probe gestellt. Hast würde aber noch schlimmer als Dummheit sein, denn wenn sein Gegner erfuhr, wer ihm auf der Spur war, konnte er sich ruhig verhalten und abwarten, bis der gefürchtete Napoleon Bonaparte die Stadt Broome wieder verlassen hatte.

Die Sonne war untergegangen, als er das Chinesenviertel erreichte, das nichts Orientalisches an sich hatte. Große, leere Wellblechschuppen, Geschäfte für Matrosen und Perlenfischer – das war alles. Frauen vieler asiatischer Völker sahen ihm nach, Kinder spielten auf den staubigen Gehsteigen, an denen Wellblechhütten und von der Sonne verbogene und mit Überresten chinesischer Namen beschriebene Holzbaracken standen. Es gab nur noch zweiundzwanzig Perlenkutter, einmal waren es über dreihundert gewesen. Die zweiundzwanzig Kutter waren mit ihren Tauchern und Besatzungen weit draußen auf dem jetzt grün leuchtenden Indischen Ozean, auf den die Nacht herabsank.

Bony fand das Kaufhaus, ein großes Gebäude aus Eisenbeton. An Stelle der Fenster hatte es lange, offene Schlitze mit Eisenstangen davor. Es war von einer breiten Veranda umgeben, zu der eine steinerne Treppe hinaufführte. Die Waren befanden sich an den Gängen in Glasschaukästen und in Regalen.

Niemand interessierte sich für Bony. Er fragte, wo er Zigarettentabak bekommen könnte, und wurde in südliche Richtung verwiesen. Eine Verkäuferin wies ihn nach Osten. Auf dem Weg dorthin gelangte er in die Lebensmittelabteilung. Dort erhielt er endlich, was er haben wollte.

Als er das Warenhaus verließ, stieß er beinahe mit Mr. Dikkenson zusammen.

»Na, wie geht's? Guten Abend.«

»Ah, Mr. Knapp! Sie haben eingekauft, wie ich sehe. Ich will gerade dasselbe tun – für meine Wirtin. Haben Sie mit Mr. Lovett gesprochen?«

»Nein. Wer ist Lovett?«

»Der Geschäftsführer. Ein sehr gerissener Kaufmann. Das Warenhaus gehört einer Mrs. Sayers. Ihr Mann hinterließ ihr ein großes Vermögen, wie sie es schon einmal von ihrem Vater, einem sehr zweifelhaften Ehrenmann, geerbt hatte.«

»Eine Frau also, die sich auf Geld versteht?«

»Ja, sich gut darauf versteht, es zu erwerben, aber noch besser darauf, es auszugeben.« Dickenson zwinkerte ihm mit seinen müden grauen Augen zu. »Wenn ich Bücher schreiben könnte, würde ich zehn über sie verfassen. Wenn Sie die Frau sehen sollten, denken Sie daran, daß ich sie verbleut habe, aber da war sie natürlich noch klein. Ich habe eine Menge dieser Frauen in Broome groß werden sehen, als die Stadt noch nicht so war wie heute.«

»Die ermordete Mrs. Cotton war die Besitzerin von Dampiers Hotel, nicht wahr?«

»Das war sie einmal, ja«, erwiderte der alte Mann.

»Ziemlich weit draußen gelegen, wie?«

»Acht Kilometer.«

»Könnten wir uns nicht einmal ein Taxi nehmen und eines Abends hinausfahren, um uns einen zu genehmigen?«

»Das wäre fein. Natürlich könnten wir das«, erwiderte Dickenson, der sofort lebendig geworden war. »Für drei Pfund können Sie ein Taxi den ganzen Abend haben. Der Fahrer übernimmt sogar die Garantie, Sie vor ein Uhr morgens zurück und nötigenfalls ins Bett zu bringen.«

»Das ist ja ausgezeichnet. Ich glaube, ich fahre gleich morgen abend hin. Würden Sie mich wohl begleiten?«

»Mit dem größten Vergnügen, Mr. Knapp. Aber vor dem Dreißigsten kann ich Ihre Einladung eigentlich nicht annehmen.«

»Nehmen Sie mir bitte den Vorschlag nicht übel: Wie wäre es, wenn ich Ihnen bis dahin durch einen kleinen Vorschuß über den Berg helfe?«

»Sie sind wirklich ein großzügiger Mensch.«

»Dann treffen wir uns also morgen abend vor dem Postamt – sagen wir um sieben Uhr. Ich werde das Taxi bestellen. Also dann, bis morgen.«

Mr. Dickenson verbeugte sich leicht und steif. Er machte keinen Versuch, einen Vorschuß oder auch nur einen Vorschuß auf diesen Vorschuß schon jetzt zu erhalten. Das gefiel Bony sehr. Der alte Mann ging fast federnden Schrittes ins Kaufhaus, als hätte die Begegnung mit Mr. Knapp seine Selbstachtung gestärkt.

6

Erstens, weil die Kinder ihn herzlich gebeten hatten mitzukommen, und zweitens, weil er bei dieser Gelegenheit sicher viele Ortsansässige kennenlernen würde, beschloß Bony, den Samstagnachmittag mit einem Besuch im Cave Hill College zu verbringen. Im letzten Augenblick konnte Inspektor Walters nicht mitkommen, und daher lenkte Kriminalinspektor Napoleon Bonaparte den Privatwagen des Inspektors.

»Hoffentlich wird es Ihnen gefallen«, sagte Mrs. Walters. »Die meisten Leute werden Ihnen sicher freundlich entgegenkommen, einige vielleicht nicht. Wenn Sie in meiner Nähe bleiben, werde ich Ihnen alle nach Namen und Stand vorführen.«

Mrs. Walters sah an diesem Nachmittag sehr gut aus – sie wußte das und fühlte sich daher wohl. Unterwegs sahen sie Mr. Dickenson. Er saß auf einer Bank unter einem Gummibaum. Er stand auf, verbeugte sich und winkte den Kindern zu.

»Ich nehme an«, sagte Bony, »daß fast alle, die sich zur Gesellschaft rechnen, anwesend sein werden.«

»Ja, die meisten sind sicher da, auch vom Land werden eine Menge Leute kommen, die ihre Kinder auf der Schule haben. Es ist eine große gesellschaftliche Veranstaltung.«

Bony war von der Größe und Bauart des inmitten gepflegter Rasenflächen stehenden Hauptgebäudes angenehm überrascht. Es war aus freundlich wirkendem rötlichbraunem Sandstein in frühem Kolonialstil erbaut und lag auf einer Anhöhe, von der aus man einen Blick über den Ozean hatte.

Mit Bony an der einen und ihren Kindern an der anderen Seite ging Mrs. Walters durch das offenstehende eiserne Gittertor. Sie genoß offenbar diese seltene Gelegenheit, sich in der Öffentlichkkit zu zeigen, und plauderte in bester Stimmung drauflos. Jedes Fenster des Hauptgebäudes hatte eine Jalousie, die jetzt alle zum Schutz gegen die Sonne schräg gestellt waren.

Der Rasen vor der Schule bot ein farbiges Bild. Männer in

weißen Tropenanzügen, Frauen in hellen Kleidern und da und dort die Lehrer ergingen sich unter den zahlreichen Schülern, die alle hellgraue Anzüge und schwarz- und weißbetreßte Mützen trugen. Am Dach der Schule wehten Fahnen. Cave Hill College hatte sich zum Empfang der Eltern festlich geschmückt.

Mr. Sylvester Rose, ehemaliger Schüler vom Princes College in Aberdeen und der Universität in Adelaide, Inhaber mehrerer akademischer Grade, hieß seine Gäste willkommen. Er löste sich von einer Gruppe Damen, um Mrs. Walters zu begrüßen. Obschon er fast sechzig war, schritt er mit der Lebhaftigkeit eines viel jüngeren Mannes. Er hatte ein quadratisch wirkendes Gesicht, seine Haare waren nur an den Schläfen leicht ergraut. Die großen nußbraunen Augen blickten lebhaft drein, die Stirn war breit und hoch.

»Willkommen, Mrs. Walters, willkommen«, sagte er mit wohlklingender Stimme. »Freut mich sehr, daß Sie zu unserer Schulfeier gekommen sind. Und ein so schöner Tag ist uns beschieden! Ihr Gatte . . . ist er nicht mitgekommen?«

»Leider wurde er im letzten Augenblick abgehalten. Er hatte sich so auf das Fest gefreut. Darf ich Ihnen einen alten Bekannten meiner Schwester, Mr. Knapp, vorstellen?«

»Freut mich sehr, Sie zu sehen.«

»Freut mich ebenfalls.«

»Seien Sie herzlich willkommen. Sie werden über die Handfertigkeit unserer Schüler staunen. Kommen Sie, wir wollen sehen, daß wir Plätze für Sie finden.«

Mr. Rose entschuldigte sich. Er mußte noch andere Gäste begrüßen.

Ohne vorherige Warnung wurde er Mrs. Sayers nur formell vorgestellt. An diesem Nachmittag trug sie ein prozellanblaues Kleid. Ihre Haare waren ein bißchen brauner als bei ihrer ersten Begegnung in der Polizeistation.

»Freut mich, Sie zu treffen, Mr. Knapp«, zwitscherte Mrs. Sayers. »Das letztemal haben wir uns ja ganz kurz gesehen. Wie geht es Ihnen?«

»Ich habe keinen Grund zur Klage«, erwiderte Bony. »Als ich Esthers Einladung folgte, hatte ich keine Ahnung, daß ich in Broome so vielen schönen Frauen begegnen würde.« Eine zehntel Sekunde lang sah sie ihn mißtrauisch an. Da sie aber kein ironisches Lächeln an ihm entdecken konnte, steckte sie das Kompliment befriedigt ein.

»Bevor Sie abreisen, Mr. Knapp, müssen Sie einmal zu mir zum Tee kommen, und auch Sie, Esther. Bringen Sie aber ja Mr. Knapp mit und enttäuschen Sie mich nicht.« Sie lachte beinahe schrill, als sie hinzufügte: »Ich habe ja schon so lange mit keinem vernünftigen Menschen mehr gesprochen.«

Dann entschwebte Mrs. Sayers. Bony dachte bei sich, sie sei vielleicht gar nicht so oberflächlich, wie sie sich gab. Sie war Witwe und reizvoll. Sie stand auf der Liste der Witwen von Broome.

Ein junger Lehrer trat in den Kreis. Er war offenbar noch für seine Arbeit begeistert, noch nicht ausgepumpt wie ein alter, schon gebückt gehender Herr, der sich offensichtlich Mühe gab, seine Interesselosigkeit an dieser Schulfeier zu verbergen.

»Wie ist er in der Schule?« fragte Bony leise Keith. Der Junge machte plötzlich ein finsteres Gesicht und sagte: »So ein richtiger Steißtrommler.«

»Nicht wie der alte Stinker?« fragte Bony vertraulich. Die finstere Miene verschwand. Keith strahlte.

»Wie heißt der Lehrer dort?« erkundigte sich Bony, indem er mit dem Kopf auf einen großen, massigen Mann deutete, der seine verschiedenen akademischen Grade auch äußerlich zur Schau trug und gerade mit einem kleinen, ernst dreinschauenden Herrn sprach.

»Das ist Mr. Percival«, erklärte Keith und hielt sich schnell die Hand vor den Mund, damit sein Lachen nicht laut wurde. »Wir nennen ihn Fröhlich – weil er nie lacht. Immer kriecht und schleicht er herum und verpetzt uns beim Alten.«

Fünf Minuten später reichte Bony Mr. Raymond Percival, Doktor zweier Fakultäten, die Hand. Percival überragte ihn beträchtlich, und sein Händedruck war fast schmerzhaft. Kein Schüler, der etwas verbrochen hatte, so dachte Bony, würde diesem Blick lange standhalten. Sofort nach dieser schnellen Überprüfung seines Gegenübers zeigte Percival wieder eine völlig gleichgültige Miene.

Obwohl er sich an der Unterhaltung beteiligen mußte, beobachtete Bony die auf der Rasenfläche sitzenden oder hin und her gehenden Gäste weiter mit großer Aufmerksamkeit. Die beste Gesellschaft Broomes war dort versammelt. Einige Gäste sahen interessiert zu ihm hin, andere warfen ihm verächtliche und feindselige Blicke zu. Bony war sehr froh, daß er mitgefahren war.

Schüler spielten die Kellner. Sie schoben kleine gummibereifte Teewagen, die mit Kannen, Bergen von Kuchen und Delikatessen beladen waren. Jeder Wagen stand unter dem Kommando eines älteren Schülers, der die weiße Mütze eines Küchenchefs trug. Seine Küchenjungen servierten den Tee, während er den Kuchen schnitt und verteilte. Die Jungen hatten offenbar einen Heidenspaß an dieser Tätigkeit.

»Wirklich, ein ganz vortrefflicher Mann«, sagte jemand. »Die Hausdame erzählte mir, daß er nur an seine Schüler denkt. Er gibt sich alle erdenkliche Mühe, ihr Vertrauen zu gewinnen und Vaterstelle an ihnen zu vertreten.«

»Ich möchte gern wissen, warum er nicht geheiratet hat«, äußerte eine Frau. »Wenn er eigene Söhne hätte, könnte er doch mit den Jungen noch besser umgehen. Er hat nicht nur eine hervorragende Stellung, sondern ist auch persönlich anziehend. Ich bin allerdings nicht sehr begeistert von ihm, aber Fred hält große Stücke auf ihn. Einen besseren Direktor könnte die Schule nicht haben, meint er.«

»Für Percival muß es ein schwerer Schlag gewesen sein, als Rose ihm vorgezogen wurde«, bemerkte ein Mann. »Ich möchte eine so bittere Pille nicht schlucken.«

»Der arme Mr. Percival! Ein Mann mit so großen geistigen Gaben! Nun, wie kommen Ihre Söhne mit?«

»Danke. Sehr gut. Die Jungen erhalten hier einen guten gesellschaftlichen Schliff, meinen Sie nicht auch? Nur müßten die Lehrer mehr darauf sehen, daß sie sich gründlicher waschen. Ich habe bemerkt, daß unser Tom einen ganz schmutzigen Hals hatte, und ich bin überzeugt, daß er sich einen Monat lang nicht die Zähne geputzt hat.«

»Es ist merkwürdig, daß Sie das erwähnen«, fiel eine andere Stimme ein. »Mein Mann hat sich ebenfalls darüber beklagt, daß unsere Jungen sich nie den Hals waschen. Das scheint hier nicht üblich zu sein. Sie gehen einmal unter der Dusche durch – und damit ist es getan.«

Bony schaute Keith an. Er war blitzsauber, aber er war auch ein Externer und somit dauernd unter den scharfen Augen seiner Eltern.

Plötzlich verebbte das Gesumme der Unterhaltung. Bony sah sich um und bemerkte, daß der Direktor auf eine Gartenbank gestiegen war.

»Meine Damen und Herren!« begann er. Man hörte gleich

seiner Stimme an, daß er gewohnt war, Ansprachen zu halten. »Ich schlage vor, daß wir uns jetzt zum Sayers-Saal begeben, wo die Arbeiten der Schüler ausgestellt sind. Sie sind von Mr. Marshall Galagher und Mrs. Sayers ausgewählt worden, denen wir hiermit unseren herzlichen Dank sagen.« Sanftes Händeklatschen. »Wir, das Lehrerkollegium und die Schüler von Cave Hill College, wollen mit diesen Arbeiten zum Ausdruck bringen, wie sehr wir es zu schätzen wissen, daß Sie, meine Damen und Herren, stets so großes Interesse an unserer Tätigkeit zeigen. Wir hoffen, daß Ihnen die diesjährigen Arbeiten gefallen werden und versprechen, uns zu bemühen, nächstes Jahr noch bessere zu schaffen.«

Trotz des unvermeidlichen pedantischen Beigeschmacks eine sehr vernünftige kurze Rede. Mit einer nicht allzu großen Schar Neugieriger betrat er die Schule und gelangte so in den Sayers-Saal.

Auf Bänken, Tischen und Pulten waren die Schülerarbeiten zur Schau gestellt. Sie lohnten wohl eine Besichtigung. Metall-, Holz- und Lederarbeiten waren häufig vertreten. Mit einigen Zeichnungen, Malereien und Mosaikarbeiten mußte der Zeichenlehrer sehr zufrieden gewesen sein.

»Was geschieht schließlich mit diesen Ausstellungsarbeiten?« fragte Bony einen dicken Mann in weißem Drillichanzug.

Der Herr starrte ihn mit ausdruckslosen Augen an, die tief in einem teigigen Gesicht lagen, und wandte sich ab. Vor Bonys Augen ging sofort der Vorhang nieder, aber als Mrs. Walters ihm rasch erklärte, daß sie in Perth verkauft würden und das Geld die Missionsfonds erhielten, kehrte das Lächeln auf sein Gesicht zurück. Er dankte ihr und betrachtete dabei, ohne sich zu genieren, die großen Hände des Mannes so lange, bis dieser sie in die Jackentaschen steckte.

Nun kamen auch die Schüler in den Saal und führten ihre Eltern umher. Keith zeigte seiner Mutter aufgeregt eine seiner Arbeiten, die in der Klasse B eine Auszeichnung erhalten hatte. Ein paar Minuten später hielt Mr. Percival vom Podium aus eine Ansprache. Sie war ebenfalls etwas pedantisch, aber seine Stimme war angenehmer als die seines Vorgesetzten. Er bat Mrs. Sayers, die Preise zu verteilen. Bony wunderte sich, daß diese Frau hier eine so große Rolle spielte.

Nach der Preisverteilung nahm Mrs. Sayers die Huldigungen der Eltern entgegen, an die sich dann die üblichen Dankesansprachen anschlossen. Damit war ein für Bony sehr angenehmes Zwischenspiel vorbei.

»Eine hübsche Ausstellung«, bemerkte Mrs. Walters, als sie wieder draußen auf dem Rasen standen.

»Ja, das Niveau war im allgemeinen sehr hoch. Es reut mich nicht, daß ich hergekommen bin«, sagte Bony.

»Ja, es lohnt sich. Der Nordwesten des Landes kann stolz auf sie sein.«

»Es sieht so aus. Wann ist sie denn erbaut worden?«

»Vor achtzehn Jahren. Man wies darauf hin, daß es zuviel koste, wenn man die Kinder zur Erziehung nach Perth schicke, ganz abgesehen von der Langwierigkeit und Gefährlichkeit der Hin- und Rückreise. Ein Schulverein wurde gegründet, und in ganz kurzer Zeit wurden hunderttausend Pfund gezeichnet – davon fast die Hälfte von Mrs. Sayers.«

»Aber die Auswahl der Lehrer für diese Anstalt war doch sicher nicht einfach.«

»Im Anfang gab es einige Schwierigkeiten. Zuerst war hier Mr. Percival Direktor, doch er war irgendwie für dieses Amt nicht recht geeignet. Dann wurde er durch Mr. Rose ersetzt. Das hat ihn arg gekränkt, denn er hat in Cambridge studiert. Eine so gute Ausbildung hat Mr. Rose nicht, aber er ist ein geborener Organisator und versteht es gut, mit den Jungen umzugehen. Sie nennen ihn zwar den ›alten Stinker‹, haben ihn aber gern.«

Als Bony mit Mrs. Walters und den Kindern zur Polizeistation zurückfuhr, bedankte er sich herzlich bei ihr für den unterhaltsamen Nachmittag.

7

Johnno stammte aus Java. Er hatte mehrere Jahre als Ersatztaucher gearbeitet, bis er von einer Lähmung befallen wurde. Er mußte das Tauchen aufgeben und schaffte sich ein Taxi an. Es war ein alter Wagen, aber für Fahrten zum Flugplatz und in die Stadt zum Einkaufen eignete er sich überraschend gut. Johnnos Spezialität war, Herren nach Dampiers Hotel zu fahren.

Punkt sieben erschien er vor dem Postamt, um Dickenson und

Bony abzuholen. Die Bremsen quietschten, als er schwungvoll hielt. Er öffnete seinen Fahrgästen die Tür und lächelte sie so freundlich an, als wären sie seine besten Freunde. Er war ein kleiner, flinker Mann.

»Du brauchst nicht übermäßig schnell zu fahren«, sagte Mr. Dickenson, als er sich setzte. Sein abgetragener Anzug fiel auf dem schäbigen Polster des Wagens weniger auf.

Sie kamen auf eine jener nicht asphaltierten Straßen, wie sie im Norden Australiens üblich sind. Sie führte um den Südrand des Flugplatzes herum. Man sah den Kontrollturm, die Schuppen und die weißen Markierungen. Dann schlängelte sich die Straße um die trockenen, nur bei Flut überschwemmten Flächen der Dampierbucht. Der weiße feine Staub zog wie die dichte Rauchfahne eines qualmenden Kamins hinter ihnen her. Als der Weg jetzt in den Busch abbog, wo der Boden aus rotem Sand bestand, erhob sich ein wahrer Staubpilz hoch über die Bäume, so daß jedermann in Broome, der zufällig in diese Richtung blickte, genau wußte, daß Johnno, falls nicht unvorhergesehene Hindernisse eintraten, bald ankommen würde.

Nach den Begriffen des Nordwestens war es keine schlechte Straße. Mit fünfzehn Kilometer Geschwindigkeit in der Stunde konnte man auf ihr einigermaßen sicher fahren. Johnno brauchte dabei nur die Räder in den von Lastwagen tief eingedrückten Spuren zu halten. Doch mit vierzig Stundenkilometern ist das etwas schwieriger. Truthähne liefen über den Weg, blieben dann stehen und schauten erstaunt und entrüstet.

Als sie die großen Gummibäume am Cuvierfluß erreichten, malte sich auf Dickensons Gesicht finstere Entschlossenheit. Bony öffnete die Augen nur noch ab und zu, und Johnno lachte noch immer. Er hielt mit quietschenden Bremsen vor den Verandastufen des langen, weiträumigen Gebäudes, das seit über sechzig Jahren das Mekka von Tausenden von Ausflüglern gewesen war. Johnno stand an der geöffneten Wagentür. Seine blitzenden Zähne hoben das samtartige Braun seines Gesichts noch mehr hervor.

»Wann wollen Sie wieder abfahren?« fragte er.

Bony sah Mr. Dickenson an. Der alte Mann zog die Augenbrauen hoch und überlegte.

»Vielleicht um elf«, sagte er zögernd. Bony war einverstanden.

»Gut, ich bin um elf da«, verkündete Johnno. »Sie wollen

jetzt schon zahlen? Drei Pfund. Da hat man bei der Heimfahrt kein langes Palaver wegen des Fahrgeldes. Man amüsiert sich, man braucht sich keine Sorgen zu machen, daß man noch Geld übrighaben muß. Man singt und lacht und überläßt alles andere Johnno. Und wenn man ein bißchen zu lustig ist, macht es auch nichts. Johnno wird einen bei der Ankunft ins Bett bringen.«

»Ein einwandfreies Geschäft«, bemerkte Bony lachend. Als er von der Veranda dem Wagen nachschaute, sah er ihn im Busch hinter einem roten Staubvorhang verschwinden.

Da die Gegend um Broome nördlich des Wendekreises des Steinbocks liegt, ist die Dämmerung immer kurz, und Bony wollte den Hof des Hotels noch vor dem Einbruch der Dunkelheit sehen. Er gebrauchte die übliche Ausrede. Mr. Dickenson zeigte ihm den Weg durch das Gebäude zu der Hoftür. Es war ein geräumiger, ebener Hof, von einem Zaun umgeben. Auf einer Seite stand der lange, schmale Bau, der die Einbett-Zimmer enthielt. An der dem Hotel gegenüberliegenden Seite waren die Garagen und Ställe. Der Hof war außerordentlich sauber, und auch die Reinlichkeit des Hotels deutete auf eine gute Betriebsführung hin.

Wenn der Hof damals auch so rein war, wäre es dem eingeborenen Spurensucher ein leichtes gewesen, seinem weißen Vorgesetzten die Fußspuren des Mörders zu zeigen, aber der Mann, der die Leiche gefunden hatte, und die Gäste, die auf seinen Alarm herbeigelaufen waren, hatten zu viele Spuren hinterlassen. Als Bony über den Hof ging, sah er die Szene nach der von Sergeant Sawtell angefertigten Skizze deutlich vor sich.

Ein Mädchen, offensichtlich ein Halbblut, nahm hinter dem Trennungszaun, der zwischen dem Fluß und dem Hotel entlangführte, Wäsche von der Leine und warnte lachend einen Eingeborenenjungen, den Hahn aufzudrehen, der Wasser durch einen Schlauch zu einem Rasensprenger leitete. Ein Eingeborener fuhr einen Schubkarren mit Holz vom Schuppen zur Küchentür. Er rief dem Mädchen zu, sie solle sich mit der Wäsche beeilen. Dabei lachte er Bony an, als hätte er einen diebischen Spaß an der Absicht des Knirpses.

»Was soll es sein?« fragte Mr. Dickenson, der sich im Besitz von Bonys ›Vorschuß‹ wunderbar sicher fühlte. Sie traten an die Bar heran, die ihnen bis zur Brust reichte. Ein junger Mann kam von den fünf Gästen, die an dem anderen Ende saßen, herbei, blickte zuerst sehr mißtrauisch, taute dann aber sofort auf, als er die Pfundnote sah, die Dickenson auf die Bar legte.

In der großen Bar saßen nur fünf Männer.

»Wo kann ich Sie nur früher gesehen haben? Könnte es in Sydney gewesen sein?« fragte Bony.

Der Kellner schüttelte den Kopf.

»Bin nie in Sydney gewesen. Kann mich nicht erinnern, Sie schon einmal gesehen zu haben. Wie heißen Sie?«

»Knapp. Und Sie?«

»Blake.«

Der Kellner ging wieder zu den anderen Gästen. Bony durchforschte sein Gedächtnis, während er zu Dickenson eine Bemerkung machte.

»Ein flinker, aber frecher Kerl«, sagte Dickenson.

»Das Gesicht kommt mir bekannt vor. Ist er schon lange hier?«

»Das erstemal, daß ich ihn hinter der Bar sehe. Er ist von den großen Viehweiden gekommen.«

Bony nickte dem Kellner zu. Er kam wieder zu ihnen und schenkte geschickter ein, als es einem Neuling möglich ist.

»Sie könnten mich mal draußen gesehen haben.«

»Wahrscheinlich«, stimmte Bony bei. »Ich bin ein paarmal dort gewesen.«

»Auf Urlaub hier?«

In den hellgrauen Augen war bei dieser Frage kein großes Interesse zu erkennen. Eine weitere Erklärung wurde ihm durch die Ankunft zweier neuer Gäste erspart.

»Nicht sehr lebhaft heute abend«, sagte Bony zu Mr. Dickenson.

»Bis jetzt nicht, es ist noch zu früh. Ich habe schon an die zweihundert Männer hier gesehen, und zehn Kellner genügten kaum, sie schnell genug zu bedienen. Gutgehender Betrieb. Ich wollte, er gehörte mir.«

»Und wem gehört er?«

»Den Erben der Mrs. Cotton. Sie haben sicher schon vom schwarzen Mark gehört. Er hat gegenwärtig die Konzession. Der schwarze Mark ist ein ganz offener Sünder – und solche Leute erwürgen niemanden. Sie schlagen wohl jemandem den Schädel ein, wenn sie in Wut sind, drücken aber niemandem in dunkler Nacht die Kehle zu. Der Kerl, der Mrs. Cotton erwürgte, war kein solcher offener Sünder – jedenfalls nicht am hellen Tag.«

»Hm. Das ist ein ganz richtiger Gedanke«, stimmte Bony zu.

»Nicht wahr? Mrs. Cotton war eine feine Frau, und Mr. Cotton ein feiner Mann. Schade, daß die Polizei den Mörder nicht erwischt hat. Um die andere, die er umbrachte, ist es weniger schade, aber Mrs. Cotton hatte ein Recht auf ihr Leben.«

»Welcher Rasse gehörte wohl der Mörder an? Ich möchte Ihre persönliche Meinung hören. War es ein Farbiger oder ein Weißer?«

»Ein Weißer natürlich. Ich weiß nicht, wie weit die Untersuchung gediehen ist.« Der alte Mann sah Bony durchdringend an. »Ein Asiate läuft Amok mit einem Kris. Er schlitzt den Leuten aus diesem oder jenem Grund mit einem Messer den Bauch auf. Er erwürgt sie sogar, aber mit einem Strick und aus einem bestimmten Grund. Die Polizei weiß sicher mehr über diese Morde als ich.«

Mr. Dickenson trank einen Whisky, trocknete sich die Lippen mit einem zerrissenen, aber sauberen Taschentuch ab und rief den Kellner. Seine Nase sah jetzt ein bißchen weniger rötlich aus, seine Augen leuchteten. Die Zeit verfloß angenehm. Die Bar blieb fast leer, und der Kellner hatte einen ruhigen Abend. Mr. Dickenson sagte so ganz beiläufig: »Ich glaube, ich habe den Mann gesehen, der Mrs. Eltham ermordet hat.«

»Was!« Bony reagierte auf diese Bemerkung ungefähr so wie eine Katze, die einen Vogel sieht. Der Kellner servierte und sprach dabei mit einem Mann über eine Viehherde, die auf dem Wege nach den Fleischfabriken von Wyndham war. Als er sich wieder von ihnen entfernt hatte, wartete Bony noch eine Weile, bis er schließlich fragte: »Sie haben ihn wirklich gesehen?«

»Ja, allerdings nicht an dem Abend, an dem er Mrs. Eltham ermordete, sondern an einem anderen. Ich erwähne das, weil ich vielleicht durch diese Mitteilung dem Inspektor nützen kann.« Dickenson betrachtete mit feierlicher Miene sein Glas. »Es widerstrebt mir, mich in Ungelegenheiten zu stürzen. Sie würden meinen Namen nicht nennen?«

»Niemals.« Bony traf eine schnelle Entscheidung. »Ich will Ihr Vertrauen erwidern. Ich bin hier in Broome, um den Mörder dieser Frauen zu entdecken.«

»Das habe ich schon geahnt. Ich bin darauf bedacht, meine Schulden zu bezahlen. Ich schulde Inspektor Walters große

Dankbarkeit und ebenso Ihnen. Was ich Ihnen jetzt sagen werde, ist eine vertrauliche Mitteilung eines Freundes. Ich bin ein friedlicher Mann.«

»Das beweisen mir schon die Kinder, von denen Sie immer so freundlich gegrüßt werden.«

»Ich danke Ihnen. Der Abend, an dem ich meiner Überzeugung nach Mrs. Elthams Mörder gesehen habe, war Dienstag vergangener Woche. Ich litt damals an einem völlig leeren Geldbeutel, und auch mein Herz benahm sich schlecht. Angina pectoris, behauptet mein Arzt. Whisky ist für mich die beste Medizin, aber damals konnte ich sie mir leider nicht leisten, weil ich, wie schon gesagt, kein Geld hatte. Ich fürchte, ich bin leider nicht wie die Eichhörnchen, die im Sommer die Nahrung sammeln, von der sie im Winter leben.«

Bony nickte höflich, Mr. Dickenson zündete sich eine Zigarre an. Als er fortfuhr, blitzten seine Augen humorvoll auf.

»In den langen Wintermonaten, wenn ich die Medizin nicht zur Verfügung habe, mit der ich mein armes Herz erleichtere, muß ich meine Zuflucht zu einem mir selbst abscheulich erscheinenden Verfahren nehmen. Ich habe herausgefunden, daß zehn Tropfen Batteriesäure auf ein Glas Wasser genommen eine gute Wirkung tun, aber diese Heilmethode kann wegen der argwöhnischen Leute, von denen es in Broome wimmelt, nur selten durchgeführt werden. Nun, jedenfalls erinnerte ich mich, daß Mrs. Eltham ein Auto besaß und daß der Wagen noch in der Garage hinter dem Haus stand.

Da ich zur Zeit des Mordes mit vielen anderen Neugierigen schon auf dem Grundstück, aber natürlich nicht im Haus selbst gewesen war, hatte ich bemerkt, daß die Garagentür mit einem gewöhnlichen Vorhängeschloß versperrt war, und es fiel mir ein, daß ich vielleicht einen Schlüssel dazu besitzen könnte. Als nun die Untersuchungskommission abgereist war, schlich ich mich um etwa drei Uhr morgens von der Rückseite her auf den Hof. Es war sehr dunkel. Ich hatte ein Fläschchen mit Batteriesäure gefüllt und war glücklich, einen Vorrat für mindestens eine Woche zu besitzen. Da war es mir, als hörte ich im Haus ein Geräusch. Ich hatte die Garagentür wieder verschlossen und wollte mich am Haus entlang auf die Straße an der Vorderseite schleichen. Ich trug bei dieser Gelegenheit Segeltuchschuhe mit Gummisohlen. Ich setzte mich also mit dem Rücken an die Verandamauer und wartete, um zu sehen, wer herauskommen würde, denn ich mußte, so wie ich saß, den Betreffenden sehen, ob er nun aus der Hintertür oder vorn aus dem Haus kam.«

Mr. Dickenson unterbrach seine Erzählung, während der Kellner die Gläser nachfüllte. Bony sträubten sich vor Spannung die Haare. Hier war möglicherweise der Schlüssel zu dem Geheimnis, nach dem er so geduldig suchte.

»Der Mann kam aus der Küchentür und ging einen Augenblick später an mir vorbei, aber ich konnte nur die Umrisse seiner sich gegen den Himmel abhebenden Gestalt sehen. Wenn meine alten Augen nicht so scharf wären, hätte ich nicht einmal diese Umrisse gesehen. Obschon ich am Boden kauerte und der Kerl so nahe an mir vorbeikam, bin ich mir doch sicher, daß es ein großer Mann war. Er hatte einen Filzhut, wie ihn die Viehtreiber tragen. Ich sah einen Arm, der mir normal lang erschien. Mehr konnte ich nicht beobachten.«

»Wie ging er?«

»Das konnte ich nicht sehen. Wie gesagt, ich hockte wie ein Kaninchen am Boden, und die Nacht war stockfinster.«

»Haben Sie vielleicht beobachtet, daß er etwas trug . . . einen großen Gegenstand?«

»Den Eindruck hatte ich nicht. Er schloß die Küchentür hinter sich ab, denn ich ging später hin und überzeugte mich. Wissen Sie, was ich glaube?«

»Ja?«

»Wenn es nicht der Mörder war, der hinging, um etwas zu holen, was er vergessen hatte, dann war es einer von den Freunden der Frau, der etwas beseitigen wollte, was auf seine frühere Anwesenheit schließen ließ.«

»Es war die Nacht nach der Abreise der Kriminalbeamten?«

»Dieselbe Nacht.«

Nachdem er seine Mitteilung gemacht hatte, weigerte sich der alte Mann, noch etwas hinzuzufügen, und doch kam es Bony vor, als ob er noch etwas wüßte. Bony staunte über die Mengen, die er an Alkohol vertragen konnte. Der Abend ging dem Ende zu, und Bonys Gast war in der Stimmung, über die Bewohner Broomes im allgemeinen zu sprechen, wobei er biographische Einzelheiten über verschiedene Persönlichkeiten zum besten gab. Die Zeit war so schnell verstrichen, daß Bony erstaunt war, als Johnno erschien.

»Ich bin da!« rief Johnno. »Ein Glas für mich, dann fahren wir ab. Ja, bitte Brandy.«

Mr. Dickenson war müde. Johnno geleitete ihn die Veranda-stufen hinab. Die Nacht war schwarz und weiß ohne Zwischen-farben. Man hätte eine Zeitung lesen und doch vollständig im Schatten verschwinden können. Bony setzte sich neben den alten Mann, und Johnno fuhr laut tutend mit Höchstgeschwindig-keit ab.

Die Heimfahrt ging noch schneller vonstatten als die Hin-fahrt. Dieses Mal war Mr. Dickenson nicht nervös. Er sang vor sich hin, er zitierte Verse. Plötzlich brachte er seinen Mund nahe an Bonys Ohr und flüsterte: »Ich könnte den Kerl wieder-erkennen. Als er an mir vorbeikam, konnte ich seine Zähne klappern hören, als wäre er in Todesangst.«

Bony wollte gerade eine Frage stellen, als Johnno sich um-drehte, um etwas über den Abend zu sagen, wobei der Wagen in eine Sandverwehung fuhr. Dickenson gluckerte in sich hinein, und Johnno lachte, gab aber von nun an auf den Weg acht. Schließlich erhielt er die Anweisung, seine beiden Fahrgäste am Postamt abzusetzen, wo Bony ihn mit einem ansehnlichen Trink-geld entließ.

Mr. Dickenson wollte, als er sich verabschiedete, gar nicht mit Händeschütteln aufhören. Bony schlenderte zur Polizeista-tion zurück, wo er Inspektor Walters im Schlafanzug in der Küche beim Lesen eines Romans fand.

»Na, da sind Sie ja, Sie Trunkenbold«, begrüßte er Bony.

»Ich habe mich mit dem Alten ausgezeichnet unterhalten«, sagte Bony so glücklich, daß Walters aufmerksam wurde. »Ich habe ein kleines Andenken an den Abend heimgebracht.«

»Ein Glas! Davon haben wir genug«, sagte Walters.

»Aber ein besonderes Glas. Bevor ich mein letztes austrank, wischte ich alle Fingerabdrücke sorgfältig ab. Als mir der Kell-ner das gefüllte Glas überreichte, faßte ich es ganz unten und leerte es. So habe ich das Glas auch auf dem ganzen Rückweg gehalten, obschon wir einmal ins Schlittern geraten sind.«

»Ist dieser schwarze Mark wichtig?«

»Es ist nicht der schwarze Mark. Den habe ich gar nicht gese-hen. Der Mann nennt sich Richard Blake. Ich werde seine Fin-gerabdrücke an meine Abteilung schicken.«

8

Das Haus der verstorbenen Mrs. Eltham stand ziemlich weit von der Straße weg und war teilweise durch Zierbäume verdeckt. Der zementierte Fahrweg lief unmittelbar am Hause entlang zu der sich weiter hinten befindlichen Garage. Von ihm aus lief ein ebenfalls zementierter Weg an der Hausfront entlang, an der anderen Seite herum und führte auf den gepflasterten Hof zwischen Haus und Garage. Neben dem Hof war ein kleiner Rasenplatz.

Wie Inspektor Walters behauptete, hatte es noch niemand betreten, nachdem die Untersuchungskommission abgezogen waren.

Bony suchte die Klinke der rückwärtigen Tür nach Fingerabdrücken ab – erfolglos. Er öffnete die Tür mit dem ihm von Walters mitgegebenen Schlüssel und prüfte ebenso die innere Klinke. Auch sie war völlig blank.

Durch die Wahrscheinlichkeit, daß der Mörder noch einmal an den Schauplatz seiner Tat zurückgekehrt war, in erwartungsvolle Stimmung versetzt, betrat Bony das Haus. Er suchte den Lichtschalter, da durch die geschlossenen Sturmläden im Innern fast völlige Dunkelheit herrschte. Er schloß die Tür und setzte sich in der Küche auf einen Stuhl und faßte jeden Gegenstand, der innerhalb seiner Sehweite lag, genau ins Auge.

Wie viele dieser Bungalows in den Tropen enthielt das eigentliche Haus die Schlafzimmer, während die Veranda als Wohnraum diente. Da die Sturmläden schon viele Tage geschlossen waren, roch die Luft leicht muffig, und doch war sie noch von dem Duft eines Parfüms durchsetzt.

Dieser Teil der Veranda war offenbar als Küche und Eßzimmer benutzt worden. Es gab nur wenige Möbel, aber man sah, daß das Ganze gut in Ordnung gehalten war. Auf dem Spültisch stand das von Mrs. Eltham bei der letzten Mahlzeit ihres Lebens benutzte Geschirr. Der Boden war mit apfelgrünem Linoleum belegt, nicht neu, aber auch noch nicht abgenutzt.

Bevor er weiterging, kniete Bony auf dem Linoleum nieder und brachte seine Augen nahe an dessen Oberfläche. Er konnte seine eigenen Schuhspuren, aber keine anderen sehen. Mit der Fingerspitze prüfte er die feine Staubschicht, die sich nach dem Besuch des Unbekannten angesammelt hatte. Die Staubschicht auf der Spüle und den Möbeln war nicht dicker.

Er ging um die Hausecke zu dem nächsten Verandateil. Er fand den Lichtschalter und sah, daß er im Wohnzimmer war. Kleine weiche Teppiche bedeckten den Boden. Verglaste Schränke waren mit wertvollen Büchern gefüllt. Zwei Meerlandschaften in Öl standen auf Staffeleien. Beide Bilder trugen die Signatur der Ermordeten. Die Zeitschriften auf einem kleinen Tisch, die als Aschenbecher gebrauchten Muschelschalen, wertvolle Vasen aus Porzellan und Kristall, die Vorhänge und Lampenschirme – all das bewies den Geschmack einer kultivierten Frau, die obendrein das Geld hatte, ihre Neigungen zu befriedigen.

In der Gewißheit, daß ihn keiner ins Haus hatte gehen sehen, und da das Licht weder von der Straße aus noch von dem hinter dem Haus sich hinziehenden Weg bemerkt werden konnte, setzte sich Bony wieder und drehte sich eine Zigarette. Er war entschlossen, das Haus lange und ohne Hast zu durchsuchen, denn der Mann, der nach dem Abzug der Polizei einige Zeit darin verbracht hatte, mußte eine Spur von sich oder wenigstens irgend etwas hinterlassen haben, aus dem man auf den Grund seines Besuches schließen konnte. Entdeckte man den Grund für den nächtlichen Besuch, so ließe sich vielleicht daraus das Motiv für den Mord ableiten.

Das Problem war, zu entdecken, ob das Motiv für die Ermordung der beiden Frauen, die in ihrem Lebenswandel und in ihrer Vergangenheit einander so unähnlich waren, dasselbe war. Die Opfer waren nur in dem Punkt gleich, daß sie Witwen waren. Für die Ermordung der einen oder der anderen konnten verschiedene Motive angenommen werden, aber es gab kein gemeinsames Motiv für beide Verbrechen.

Der alte Dickenson hatte eine wertvolle Fährte aufgezeigt und konnte vielleicht noch auf andere hinweisen, wenn man ihn richtig behandelte. Hatte einer von Mrs. Elthams Freunden sie getötet? Neun standen auf der von der Polizei angefertigten Liste, aber diese Liste konnte nicht als vollständig gelten. Keiner dieser neun Männer hatte Mrs. Eltham unmittelbar vor ihrem Todesabend besucht. Das war durch die Sachverständigen für Fingerabdrücke erwiesen. Die Zugehfrau hatte zu Protokoll gegeben, daß sie mit Mrs. Eltham einen Tag vor ihrem Tod das ganze Haus gereinigt und geputzt hatte. Keiner der neun wußte, daß sich die anderen acht ebenfalls für Mrs. Eltham interessierten. Das bewies, daß sie eine ausgezeichnete Diplomatin

gewesen war. Unter den Papieren der Verstorbenen fand sie
nichts, was auf einen anderen Mann in Broome hinwies. Die
Mordkommission hatte an den Aussagen und der Ehrlichkeit
der neun Männer nichts aussetzen können, und die Polizei von
Broome hatte ebenfalls keine Einwände erhoben.

Das Haus enthielt vier Zimmer. Verbindungstüren zwischen
ihnen gab es nicht. Jedes Zimmer führte auf die Veranda. Eines
war unmöbliert. In zweien stand je ein Bett. Jeder Raum hatte
ein verglastes Fenster, vor dem das allgemein übliche Fliegenschutzgitter auf der Innenseite mit Riegeln festgemacht war.

Die Tür des Schlafzimmers war geschlossen. Bony suchte die
Klinke nach Fingerabdrücken ab, fand sie aber unberührt.
Drinnen war es gerade hell genug, daß er den Lichtschalter finden konnte. Er benutzte zum Einschalten ein Streichholz. Auch
der Schalter wies keine Fingerabdrücke auf.

Hinter dem Bett befand sich das mit einem Fliegengitter ge-
schützte Fenster. Die Spitzenvorhänge waren beiseite gezogen.
Das Bett war seit dem Auffinden der Leiche nicht mehr berührt
worden. Die Steppdecke mit dem Einschlagtuch war zum Teil
zurückgeschlagen, als ob die Frau sich gerade hätte ins Bett
legen wollen, als der Mörder sie überwältigte. Auf der Türseite
des Bettes lag ein kleiner Wollvorleger, auf der anderen Seite
stand ein Paar bestickte Pantoffeln. Über das Fußende des Bettes war ein geblümter Morgenrock gebreitet, und auf einem der
zwei Stühle lagen ein Tweedrock, ein zitronengelber Pullover,
ein Büstenhalter und Strümpfe.

Es waren keine Anzeichen vorhanden, daß in diesem oder
einem anderen Zimmer ein Kampf stattgefunden hatte. Auch in
Mrs. Cottons Schlafzimmer waren keine solchen Anzeichen zu
entdecken gewesen. Der Mörder hatte Zeit genug gehabt, alle
Spuren dort wie hier zu beseitigen. Aber warum hatte er das getan? Er konnte die Frau um den Hals gefaßt und Kraft genug
angewendet haben, um jede Unordnung zu vermeiden. Warum
hatte er die Leiche auf das Bett gelegt, nachdem er das Nachthemd von oben bis unten auseinandergerissen hatte?

Bony setzte sich auf den leeren Stuhl und drehte sich wieder
eine Zigarette. Aufmerksam prüfte er jeden Punkt des von dem
rosafarbenen Schimmer der Lampe erhellten Raumes. Er versuchte das schreckliche Drama jener Nacht des fünften Mai in
seinem Geist zu rekonstruieren, die wachsende Angst und den
plötzlichen Schrecken der Frau nachzuempfinden, als sie die

schleichenden Schritte auf der Veranda oder in dem dunklen Zimmer hörte. Es gab keine Schnur, mit der sie das Licht ausschalten konnte, ohne das Bett zu verlassen. Hatte sie den Mörder gesehen? Er hatte sie von vorn erwürgt. War sie erdrosselt worden, ehe sie den Lichtschalter erreichen konnte? Oder hatte sie das Zimmer verlassen, um nachzusehen, wer draußen herumschlich?

Warum war der Mann, den der alte Dickenson gesehen hatte, in das Haus eingedrungen? Diese Frage war viel dringlicher als alle anderen.

Allmählich stieg in Bony das Gefühl auf, daß in dem Bild, das er betrachtete, etwas nicht stimmte. Als ihm dies plötzlich zum Bewußtsein kam, suchte er nach dem Fehler und konnte ihn nicht finden. Mit dem Bett war alles in Ordnung. In der Anordnung der Gegenstände auf dem Toilettentisch war nichts Auffallendes. Die Kleidungsstücke der Frau lagen über dem zweiten Stuhl in der Reihenfolge, in der sie sie ausgezogen hatte. Die kleine Uhr auf dem Nachttisch war um zwei Uhr vierunddreißig stehengeblieben. Ob sie in der Nacht oder am Nachmittag zum Stillstand gekommen war, ließ sich nicht feststellen. An der Wand hingen mehrere Bilder, alle persönliche Fotografien waren von der Polizei mitgenommen worden.

Da richteten sich Bonys forschende Augen auf die Kommode, auf der eine Vase mit vertrockneten Blumen stand. Als die Blumen langsam verwelkten, hatten sie zweifellos nicht mehr dieselbe Ordnung beibehalten, die ihnen gegeben wurde, als sie frisch waren. Die Stengel waren nicht gleich lang.

Diese Blumen waren ursprünglich von Frauenhand geordnet worden – und überdies von einer Frau mit künstlerischem Geschmack. Die meisten Frauen verstehen sich vortrefflich darauf, Blumensträuße anzuordnen. Marie, Bonys Frau, verwendete einen guten Teil ihrer Zeit auf Blumen. Er hatte sie oft beobachtet, wie sie ein anscheinend unentwirrbares Chaos in wohlgefällige Ordnung brachte.

Die verwelkten Blumen konnten nicht von selbst auf eine Seite der Vase hinübergekippt sein. Als die Kriminalbeamten sie sahen, waren die Blumen sicher noch nicht ganz verwelkt gewesen. Sie konnten sie hochgehoben haben, um sich zu überzeugen, daß nichts ins Wasser gefallen war. Sie konnten die Vase auch nach Fingerabdrücken abgesucht haben. Da erinnerte sich Bony, daß er schon manchmal eine Vase ins Schwanken gebracht hatte, wenn eine Schublade sich schwer öffnen ließ.

Er prüfte den Staub auf der Oberfläche aller Möbel und sparte sich die Kommode bis zuletzt auf. Der geringe Staubbelag auf ihr überzeugte ihn, daß sie nach der Anwesenheit der Beamten abgewischt worden war.

Als er an der rechten oberen Schublade zog, ließ sie sich nur mit Mühe öffnen, und einige welke Blumenblätter fielen herab. Er durchsuchte den Inhalt aller Schubladen. Sie enthielten Bett- und Tischwäsche, Vorhänge und Handtücher. Alle Wäschestücke außer den Handtüchern waren gebügelt. Die gebügelten Sachen waren auseinandergenommen worden, denn so, wie sie gefaltet waren, hatte sie die Büglerin nicht zusammengelegt. Auch das konnte von den Beamten herrühren.

In dem Frisiertisch befanden sich ebenfalls Schubladen. Er sah sie durch. Gesichtscreme und Puder, Taschentücher, Zigarettenschachteln, Strümpfe – nichts, was ihn interessierte. Im Kleiderschrank lagen auf dem Regal über den Kleidern Hüte, dann gab es eine Schublade mit Handschuhen und ein kleines Schuhabteil. Auch dort nichts von Interesse.

Bony setzte sich wieder auf den Stuhl, drehte sich eine neue Zigarette und ließ wieder das ganze Bild des Zimmers auf sich einwirken. Irgend etwas fehlte – und geduldig suchte er festzustellen, was es war. Obwohl er bereits viele Jahre verheiratet war, vermochte er doch nicht zu entdecken, was er in diesem Schlafzimmer einer Frau vermißte. Seine Frau hätte ihm das sicher gleich auf den ersten Blick sagen können.

Den Fußboden hatte er noch nicht untersucht, er war jedoch nicht minder wichtig als das andere. Er nahm eine starke Taschenlampe aus der Aktentasche und begann den Boden um die Kommode herum abzusuchen. Der Boden des Zimmers war nicht so staubig wie der Boden der Veranda draußen. An einer Seite fand er unzählige Blumenblätter, ein Beweis, daß sie alle nach dieser Seite hin abgefallen waren. Er fand eine Stecknadel am Fuß des Nachttisches, ferner einen winzigen flockigen Gegenstand, der sofort seine Aufmerksamkeit in Anspruch nahm.

Es war nicht leicht, ihn vom Boden aufzuheben. Als er ihn endlich zwischen den Fingern hatte, stand er auf und prüfte ihn im Strahl der Taschenlampe. Er ähnelte einer Fischschuppe, war aber nicht so glatt und stark wie diese. Als er ihn mit dem Daumen eindrückte, blieb der Eindruck zurück. Als er hart mit dem

Nagel auf den Gegenstand drückte, konnte er ihn nicht zerteilen. Die Oberfläche zeigte kleine, wie von einer feinen Nadel herrührende Vertiefungen.

Er war von mattweißer Farbe.

Eine volle Stunde kroch er auf dem Boden umher. Er fand noch zwei solcher Flocken, eine Anzahl langer Haare, fünf Streichhölzer, Holzschnipsel eines gespitzten Bleistifts und Seidenfäden. Diese Gegenstände brachte er alle in gesonderten Umschlägen unter, die er in seine Aktentasche legte. Als er sich wieder aufgerichtet hatte und das Bett betrachtete, wußte er auf einmal, was in diesem Zimmer fehlte. Er blickte auf den Boden zwischen Tür und Bett, denn dort hatte er Seidenfasern gefunden.

In der Kommode hatte er keine Seide gesehen. Er schob die Bettlaken zurück und hob die Roßhaarmatratze auf. Es war nur die auf der Sprungfedermatratze liegende Schondecke darunter.

Der Mörder hatte Mrs. Cottons Nachthemd von oben bis unten entzweigerissen und das Hemd neben ihrer Leiche liegenlassen. Er hatte auch Mrs. Elthams Nachthemd auf ähnliche Weise zerrissen und es auf die Matte neben ihrem Bett gelegt. Aber was hatte er mit Mrs. Elthams Unterwäsche angefangen?

Bony ging zum Schrank und entfernte die Kleider und Kostüme. Dabei fand er in einer Ecke ein großes Bündel. Er faltete es auf und entnahm ihm verschiedene Spitzenfetzen: cremefarbene, schwarze, narzissengelbe und grüne. Er konnte sehen, wo hier und da ein Messer angesetzt war, um das Zerreißen mit der Hand zu erleichtern.

Er sortierte die verschiedenen Stücke in ihre Farben auseinander, wobei ihn das Fieber des Jägers erfaßte, der in Reichweite des gejagten Wildes gekommen ist. Nachdem er die schwarzen Stücke geglättet hatte, legte er sie so zusammen, daß er die Art des Kleidungsstückes erkennen konnte, von dem sie stammten. Ebenso machte er es mit den cremefarbenen Stücken, gab sich aber dann mit den übriggebliebenen keine weitere Mühe mehr.

In dem von der Polizei verfaßten Bericht und ebenso in den mehr ins einzelne gehenden Ausführungen der Beamten der Mordkommission war dieses Bündel nicht erwähnt worden. Hätte es im Kleiderschrank gelegen, als die Polizei das Zimmer durchsuchte, wäre es sicher entdeckt worden.

Nachdem die Kriminalbeamten abgereist waren und das Haus verschlossen hatten, war der Mörder zurückgekehrt. Man hatte nach einem Motiv gesucht und keines gefunden. Da steckte es ... in jenen kleinen Fetzen der Spitzenunterwäsche ... ein seltsames und schreckliches Motiv für einen Mord.

9

Es war vier Uhr, als Bony durch die Hintertür die Polizeistation betrat und Mrs. Walters in die Arme lief.

»Ich möchte Sie etwas fragen.«

»Was denn?«

»Tragen Sie Spitzenwäsche?«

»Was für eine Frage! Sehr oft. Warum?«

»Das sage ich Ihnen gleich. Einen Augenblick bitte.«

Bony eilte durch den Gang zu der Tür des Amtszimmers. Er vergewisserte sich, daß gerade niemand die Polizei in Anspruch nahm.

»Ihre Frau möchte Sie dringend sprechen, Inspektor, und Sergeant Sawtell wird ebenfalls gewünscht ... sofort bitte«, rief er von der Türschwelle aus.

»Was zum Teufel . . .«, wollte Walters loslegen, aber Bony war bereits verschwunden. Wie artige Kinder standen er und Sawtell auf und gehorchten dem Befehl. Bony schloß die Küchentür.

»Der Tatbestand ist folgender«, begann er, »als Lily Mallory, Mrs. Elthams Zugehfrau, Ihnen berichtete, Sawtell, daß sie nicht ins Haus gelangen konnte, gingen Sie mit und brachen die Tür auf. Fast unmittelbar danach riefen Sie Walters an, der sich dann auch gleich einfand. Hat einer von Ihnen damals oder später den Boden des Kleiderschranks untersucht, der in Mrs. Elthams Zimmer steht?«

»Nein, wir haben gewartet, bis die Beamten aus Perth kamen«, erwiderte Sawtell. »Aber ich war zugegen, als diese den Schrank von oben bis unten ausräumten. Warum denn?«

»Haben Sie kein Bündel in einer Ecke des Schrankes gefunden?«

»Nein, nichts dergleichen.«

»Ausgezeichnet«, murmelte Bony.

Aus der Aktentasche zog er das Bündel hervor und öffnete es auf dem Seitentisch.

»Prüfen Sie diese Stücke, Mrs. Walters, und sagen Sie mir, was Sie davon halten.«

Sie faltete die farbigen Stücke auseinander und hob einen gelben Streifen hoch, an dem sich ein feiner Spitzensaum befand. Die drei Männer beobachteten schweigend, wobei Walters' und Sawtells Augen immer härter wurden, als sie allmählich die Bedeutung dieser absichtlichen Zerstörung begriffen.

»Oh, das ist ja schändlich«, rief Mrs. Walters aus. »Und dabei ist es so schöne, fast neue Wäsche!«

»Dieses Bündel habe ich im Haus von Mrs. Eltham in einer Ecke ihres Kleiderschranks gefunden«, erklärte Bony. »Was bedeutet das alles?«

»Daß Mrs. Elthams Mörder ihre Unterwäsche zerrissen hat. Können Sie vielleicht eine Stunde erübrigen und mich zu Dampiers Hotel fahren?«

»Gewiß.«

Der Inspektor wurde plötzlich ungeduldig.

»Wissen Sie, was mit Mrs. Cottons persönlichen Sachen geschehen ist?« fragte Bony weiter.

Walters blickte Sawtell an, und dieser antwortete für ihn.

»Ich glaube, alle ihre persönlichen Sachen befinden sich in ihrem Schlafzimmer, das abgeschlossen wurde.«

»Gut. Wir werden hinfahren. War Clifford in seiner Eigenschaft als Polizeibeamter jemals in Mrs. Elthams Haus . . . natürlich nach ihrer Auffindung?«

»Ja, er war mit uns dort.«

»Walters, rufen Sie bitte sofort Dr. Mitchell an und sagen Sie ihm, er solle sofort herkommen, da Ihre Frau plötzlich krank geworden sei.«

Der Inspektor eilte hinaus.

»Haben Sie schon jemals mit einem Mann zu tun gehabt, der Frauen die Kleider zerschlitzte?« fragte Bony Sawtell.

»Nein, und ich bin schon fünfzehn Jahre hier.«

»Ich schon«, sagte Bony, »aber nicht in Verbindung mit einem Mord. Wir haben es hier mit einem sehr gerissenen Burschen zu tun. Er arbeitet mit Gummihandschuhen, hinterläßt also keine Fingerabdrücke. Wir werden diese Überbleibsel da fachmännisch untersuchen lassen, aber ich glaube, man wird so gut wie nichts finden. Wie lange ist Clifford schon bei Ihnen?«

»Fast zwei Jahre.«

»Verheiratet?«

»Nein.«

»Verlobt?«

»Das weiß ich nicht. Er ist tüchtig und ehrgeizig, im großen und ganzen ein guter Kerl. Er wohnt bei uns.«

Inspektor Walters kehrte zurück und sagte, der Arzt sei bereits unterwegs.

Dr. Mitchell war sichtlich erstaunt, denn Mrs. Walters sah kerngesund aus.

»Inspektor Walters hat Sie unter einem Vorwand hergebeten, Doktor. Ich glaube jedoch, der wahre Grund wird Sie so interessieren, daß Sie ihm ohne weiteres verzeihen werden. Wir vertrauen fest darauf, daß Sie uns helfen werden, diese Morde in Broome aufzuklären.«

»Natürlich. Ich will alles tun, was in meinen Kräften steht«, sagte Dr. Mitchell und setzte seine Instrumententasche auf den Boden.

»Vielen Dank, Doktor«, murmelte Bony und brachte seine Aktentasche herbei. »Ich glaube, ich weiß, was dies ist, aber ich möchte doch vollständige Gewißheit darüber haben.«

Er schüttelte aus einem der Umschläge die drei winzigen flokkigen Gegenstände auf den Tisch, die er vom Fußboden in Mrs. Elthams Schlafzimmer aufgelesen hatte. Der Arzt beugte sich über sie. Er prüfte einen davon mit dem Fingernagel.

»Es sind Teilchen von Menschenhaut«, erklärte er dann. »Sie stammen von einer Person, die mit Psoriasis behaftet ist, einer Hautkrankheit, die auch als Schuppenflechte bezeichnet wird.«

»Ist sie selten oder häufig?«

»Weder noch«, erwiderte Dr. Mitchell. »Sie kommt mehr im gemäßigten als im tropischen Klima vor. Ich kenne hier in Broome vier Fälle. Hautteilchen werden trocken und flockig und lassen sich abreiben oder fallen von selbst ab. Es ist keine ernstliche Erkrankung, sie ist auch nicht ansteckend. Viele Ärzte beruhigen ihre Patienten damit, daß sie ihnen sagen, sie würden mit dieser Erkrankung ihre ärztlichen Ratgeber überleben, denn sonderbarerweise leiden meistens sonst gesunde Menschen an ihr.«

»Und Sie kennen hier in Broome vier Fälle?«

Dr. Mitchell nickte und zündete sich eine Zigarette an. Bony öffnete den Mund, und der Arzt, der schon ahnte, wie die nächste Frage lauten würde, sagte: »Ich will Ihnen die Namen in strengstem Vertrauen sagen, in der Hoffnung, daß die Mitteilung zur Entdeckung des Mörders führen kann. Wohlverstanden, es gibt in Broome zweifellos noch andere Erkrankte, die sich nur auf den Apotheker verlassen, der ihnen Salben geben kann.«

»Es gibt also eine Apotheke in Broome?«

»Ja. Der Apotheker könnte wohl noch andere Kranke kennen. Ich werde bei ihm nachfragen, wenn Sie es wünschen.«

»Danke. – Erstreckt sich diese Psoriasis über den ganzen Körper?«

»In der Mehrzahl der Fälle nicht. Meistens zeigt sie sich nur an einzelnen Körperteilen, an den Beinen, an den Armen oder am Rücken. Diese Hautteilchen stammen entweder von einem Ellbogen oder einem Knie, wo die Haut gröber ist als an anderen Stellen.«

»Man sieht es also nicht bei jedem, der an dieser Krankheit leidet, etwa am Gesicht, an den Händen oder Unterarmen?«

»Ganz richtig«, bestätigte Dr. Mitchell. »In diesen Fällen würde die Krankheit nur bei einer Untersuchung entdeckt werden.«

»Leiden Sie an ihr?«

»Ich . . . nein. Gott sei Dank nicht.«

»Wären Sie bereit, es zu beweisen?«

Der Arzt erklärte, er sei jederzeit dazu bereit. Bony teilte mit, wo er die abgestorbenen Hautteilchen gefunden hatte und wies darauf hin, daß der Arzt in Mrs. Elthams Haus gewesen war. Er wandte sich an Mrs. Walters und fragte: »Könnten Sie uns wohl ein freies Zimmer zur Verfügung stellen?«

»Gewiß, Bony.«

»Dann will ich einmal Ihr Gerippe besichtigen«, sagte Bony scherzhaft zu dem Arzt. »Laufen Sie mir nur nicht davon, Walters, Sie kommen als nächster dran.«

»Das könnte Ihnen so passen«, murrte der Inspektor. »Ich kann Ihnen mein Wort darauf geben, daß ich frei bin von diesem Zeug, und meine Frau kann es bestätigen, wenn Sie es wünschen.«

Als er Bony ansah, begegnete er dessen kühlem, ruhigem Blick.

»Ich bedaure«, sagte Bony, »daß ich in dieser Angelegenheit die Beteuerung keiner einzigen Person annehmen kann, die vor oder auch nach Mrs. Elthams Ableben in ihrem Haus gewesen ist. Wenn es feststeht, daß jeder, der das Haus betreten hat, frei von dieser Psoriasis ist, kann ich logischerweise annehmen, daß diese Hautteilchen von dem Körper des Mannes abgefallen sind, den ich wegen zweifachen Mordes suche.«

Er blieb mit dem Arzt einige Minuten allein. Als er aus dem Zimmer, in das sie sich zurückgezogen hatten, zurückkam, nickte er Walters zu, und der Inspektor ging, ohne zu murren, um sich untersuchen zu lassen. Sawtell folgte, und schließlich holte man Clifford aus dem Büro, der sich derselben Untersuchung unterziehen mußte. Als die Untersuchung der Beamten abgeschlossen war, wollte Bony wissen, wer Mrs. Eltham ins Leichenhaus gebracht hatte. Das hatten der Besitzer des Bestattungsinstituts und dessen Gehilfe besorgt. Über den ersteren konnte der Arzt sofort Auskunft geben, weil er ihn als Patienten hatte. Der Gehilfe war Malaie und konnte deshalb unberücksichtigt bleiben, denn seine Rasse wird nicht von dieser Krankheit befallen.

»Nun, dann wissen wir über jeden Bescheid mit Ausnahme der Beamten aus Perth«, stellte Bony mit Befriedigung fest. »Ich werde mich per Luftpost an den Chef ihrer Abteilung wenden und ihn bitten, feststellen zu lassen, ob die drei, die er hierhergeschickt hat, frei von Psoriasis sind. Sollte das der Fall sein, so würde sich unsere Suche nach dem Mörder unter der hiesigen Bevölkerung auf ein rundes Dutzend beschränken, nicht wahr Doktor?«

»Wahrscheinlich sogar weniger als ein Dutzend.«

»Ich brauche jetzt in erster Linie die Namen Ihrer Patienten, Doktor, die an dieser Krankheit leiden. Die anderen werden wir dann wohl vom Apotheker erfahren.«

»Ich schreibe Ihnen die Namen meiner Patienten auf«, sagte der Arzt und zog seinen Rezeptblock hervor. Er riß ein Blatt ab, kritzelte die Namen darauf und überreichte es Bony. Dieser steckte den Zettel in die Tasche und begleitete den Arzt zu dessen Auto.

»Ich bin Ihnen wirklich dankbar, daß Sie mir behilflich sind«, sagte er.

»Nun, als Arzt bin ich ja auch an diesem Fall beteiligt. Ich bin ein wenig nervös, weil ich fürchte, daß sich dieses Schwein ein neues Opfer suchen wird.«

»Ich möchte an einem der nächsten Abende gern mit Ihnen reden.«

»Sie können zu jeder Zeit nach sieben Uhr abends kommen. Rufen Sie mich vorher an, es könnte ja sein, daß ich in der Stadt zu tun habe. Für mich geht die Arbeit nicht aus. Also auf Wiedersehen!«

Nachdenklich kehrte Bony in das Polizeibüro zurück.

»Wer steht auf der Liste?« fragte Walters, und auch Sawtell zeigte sich lebhaft interessiert.

Bony holte den Zettel hervor. Er sah sich um. Clifford war nicht da.

»Mrs. Janet Lytie«, las er vor und wartete, was die anderen sagen würden.

»Eine alte Dame, die eine Teestube leitet«, bemerkte Sawtell.

»Miss Olga Templeton-Hoffer.«

»Alte Jungfer, die einen bärbeißigen Vater betreut. Fahren Sie fort . . .«

»Leslie Lee.«

»Fünfzehnjähriger Schuljunge. Der nächste.«

»Mr. Arthur Flinn.«

»Oh! Den könnte man im Auge behalten«, meinte Sawtell.

Bony steckte den Zettel in die Tasche.

»Der Arzt hat noch einen fünften Namen hinzugefügt«, sagte er fast flüsternd und war gespannt, welche Wirkung dieser hervorrufen würde. »Der fünfte Name auf der Liste lautet Albert Mark.«

»Der schwarze Mark!«

»Ich möchte ihn mir einmal ansehen«, sagte Bony.

10

Der schwarze Mark erhob sich schwerfällig von dem Tisch, an dem er gerade seine Abendmahlzeit eingenommen hatte, schritt durch die leere Bar und ging auf die Veranda hinaus. Wenn man ihn genau betrachtete, mußte man seine gewölbte Brust, seine breiten Schultern, die kräftigen Arme und seine tadellos gebügelte Gabardinehose bewundern. Zuerst bemerkte man diese Dinge nicht, weil der Blick von dem breiten, viereckig zugestutzten Bart, von den dichten schwarzen Haaren, den herausfordernden schwarzen Augen und den starken schwarzen Brauen gefesselt wurde. Nur ein sinnlos Betrunkener und ein kleines Kind würden die Kühnheit besitzen, unfreundlich zu dem schwarzen Mark zu sein. Aber nicht nur seine Körperkraft, sondern auch seine Intelligenz hatten ihn in Nordwestaustralien bekannt gemacht.

Dort stand er noch immer, als das Polizeiauto vor der Veranda hielt und drei Männer die Stufen heraufkamen.

»Guten Abend, Mark«, sagte Walters lässig.

»Guten Abend, Inspektor; guten Abend, Sergeant.«

»Dies ist Mr. Knapp, stellte Walters vor. »Ein persönlicher Freund von mir. Privatdetektiv aus Leidenschaft. Er könnte uns vielleicht bei der Aufklärung der Morde behilflich sein.«

»Freut mich, Sie kennenzulernen, Mr. Knapp«, sagte der schwarze Mark mit einer Stimme, die dröhnte. »Ich freue mich, daß Sie sich für diese Angelegenheit interessieren. Ich tue niemandem etwas zuleide, aber ich wäre Ihnen dankbar, wenn Sie mir den Mann zeigten, der Mrs. Cotton umgebracht hat. Privat, meine ich natürlich.«

Bony lächelte leicht und erwiderte, er werde daran denken. Dann fragte er, was mit Mrs. Cottons persönlicher Habe geschehen sei.

Der schwarze Mark gab bereitwillig Auskunft. »In ihrem Schlafzimmer ist außer der Bettwäsche nichts angerührt worden. Sie wissen wahrscheinlich, daß die Leiche vom Hof weggetragen und auf das Bett gelegt wurde, wo sie den größten Teil des Tages verblieb. Nach dem Abtransport des Leichnams schloß ich alle Sachen, die Mrs. Cotton persönlich gehört hatten, in ihrem Schlafzimmer ein. Diesen Rat gab mir der Anwalt, den ich kommen ließ, da ich der Testamentsvollstrecker bin. Später waren dann noch die Kriminalbeamten aus Perth im Zimmer, aber sie haben nicht viel verändert.«

»Waren Sie mit ihnen im Schlafzimmer?« fragte Bony.

»Ja. Ich ging mit ihnen hinein. Sie interessierten sich hauptsächlich für die Fensterverschlüsse. Wollen Sie sich das Zimmer ansehen?«

»Gern.«

Der schwarze Mark führte sie zu einem großen, gutmöblierten Raum. Das Doppelbett war jetzt mit allen möglichen Sachen beladen.

Bony untersuchte das Fenster. Es war kein Schiebefenster,

sondern hatte Flügel und war ziemlich groß. Das übliche Fliegenschutzgitter war auf der Innenseite befestigt. Es war nicht möglich, das Fenster von außen zu öffnen, ohne die Scheiben zu zerbrechen. Bei offenem Fenster gewährte das Gitter einen gewissen Schutz, denn die Innenriegel konnten nur zurückgeschoben werden, wenn der Fliegendraht zerschnitten wurde.

»Wer hat die Leiche vom Hof hereingebracht?« fragte Bony.

»Ich mit einem gewissen Jenks, der die Füße hielt.«

»Die Tür war damals nicht abgeschlossen?«

»Nein. Es steckte nicht einmal ein Schlüssel.«

»An dem Abend, an dem Mrs. Cotton ermordet wurde, soll viel Betrieb in der Bar gewesen sein«, fuhr Bony fort und sah dabei den schwarzen Mark ganz ruhig an. »War der Lärm in der Bar an jenem Abend besonders stark?«

»Ja, wir hatten eine lustige Gesellschaft. Fünf Goldschürfer, die ein paar Tage blau machten.«

»Wenn also Mrs. Cotton um Hilfe gerufen hätte, entweder hier oder im Flur oder auf dem Hof, würden Sie diese Rufe nicht gehört haben?«

Der schwarze Mark zögerte, er wollte das offenbar nicht gern zugeben.

»Und das Personal?« fragte Bony hartnäckig weiter. »Hätten auch die Angestellten keine Hilferufe hören können?«

»Ich weiß nicht«, erwiderte der schwarze Mark. »Ich habe mir das auch schon überlegt und die Küchenmädchen, die Köchin und ihren Mann gefragt. Sie sagten, wenn Mrs. Cotton geschrien hätte, würden sie wohl geglaubt haben, es sei jemand in der Bar, der kreischte.«

»So war es verhältnismäßig leicht, das Haus zu betreten, an Mrs. Cottons Tür zu klopfen, sie ins Schlafzimmer zurückzustoßen und zu erwürgen?«

Leise für sich sagte der schwarze Mark langsam: »Ich fürchte, ja. Aber Sie vergessen, daß sie auf dem Hof gefunden wurde.«

»Haben die Beamten der Mordkommission, als sie hier waren, den Inhalt der Schubladen jener Kommode und das Innere des Kleiderschranks durchsucht?«

»Ja, aber herausgenommen haben sie nichts.«

Bony öffnete die Tür des Kleiderschranks und vergrub Kopf und Schulter unter den Säumen der eng aneinandergereihten Kleider. Später gestanden Walters und der Sergeant, sie seien gar nicht überrascht gewesen, als er ein in Leinen eingewickeltes Bündel herausgezogen habe.

Sawtell entfernte auf Bonys Anweisung die auf einem kleinen Tisch liegenden Bücher. Auf dem Tisch öffnete Bony das Bündel.

»Was ist denn das?« fragte der schwarze Mark und machte Stielaugen, als er die verschiedenfarbigen Stoffetzen sah. »Sieht aus wie Damenunterwäsche.«

»Sergeant Sawtell wird diesen Fund an sich nehmen, Mr. Mark«, sagte Bony. »Sie haben diese Stücke noch nie gesehen?«

»Bestimmt nicht«, erklärte der Geschäftsführer wütend. »Ich verstehe überhaupt nicht, was das bedeuten soll.«

»Sagen Sie, hatte Mrs. Cotton manchmal Wutausbrüche? Möglich, daß sie die Wäschestücke selbst zerrissen hat.«

»Ausgeschlossen. Mrs. Cotton war eine sehr ruhige Dame. Sie konnte allerdings auch mal heftig werden, wenn sie gute Gründe dazu hatte. Erst eine Woche vor ihrem Tod hat sie die Mädchen gescholten, weil jemand ihr ein Nachthemd von der Wäscheleine gestohlen hatte.«

»Ein Nachthemd gestohlen!« echote Bony mit funkelnden Augen.

»Was haben Sie denn? Ja, ein Nachthemd! Ich weiß noch, daß Mrs. Cotton sagte, es sei eines ihrer besten gewesen.«

»Können Sie sich noch an den Tag erinnern, an dem das Hemd von der Leine gestohlen wurde?«

»Ja. Augenblick mal . . . Mrs. Cotton wurde am Abend des zwölften April ermordet. Das war ein Donnerstag. Das Hemd wurde am Samstag vorher gestohlen. Wir hatten an jenem Tag besonders viel zu tun. Der Fußballklub machte einen Ausflug, und die ›Buffaloes‹ hielten hier ihre Jahresfeier. Es waren auch eine Menge Schüler da. Aber die meisten fuhren schon bei Sonnenuntergang in die Stadt zurück.«

»Die meisten?«

»Fünfzig oder sechzig Männer blieben ungefähr bis Mitternacht«, antwortete er.

»Waren viele Ihnen unbekannte Leute darunter?«

»Ja, eine ganze Reihe. Ich kenne nicht alle Leute in der Stadt. Aber sie würden doch kein Nachthemd von der Wäscheleine stehlen! Das tut keiner hier im Nordwesten.«

»Hm. Holen Sie mir bitte einen Besen.«

Der schwarze Mark sah ihn erstaunt an, enthielt sich aber

jeder Bemerkung. Während er fort war, rollte Sawtell die Stoffstücke wieder zu einem Bündel zusammen und steckte dieses in einen Kissenbezug. Der schwarze Mark brachte den Besen, und Bony wies alle aus dem Zimmer. Die Tür blieb geöffnet. Dann kehrte er den Boden. Mit dem Staub, den er zusammenbrachte, hätte man ungefähr einen Eierbecher füllen können. Soweit er das mit den Augen feststellen konnte, bestand das Häuflein aber nur aus Staub. Trotzdem füllte er es in einen Umschlag.

»Jetzt führen Sie uns mal zu der Wäscheleine«, sagte Bony dann.

Der schwarze Mark führte sie auf den Hof und von dort durch die Lattentür zu dem Stück Rasen, über das zwei lange Leinen gespannt waren.

»Jemand, der das Hotel besucht, würde wohl nicht ohne besonderen Grund diesen Rasen betreten, nicht wahr?« sagte der Inspektor.

»Nein«, antwortete der schwarze Mark. »Wie Sie gesehen haben, befindet sich an der Tür die Aufschrift ›Privat‹.«

»Aber jemand, der den Hof überquert, kann leicht die Wäschestücke auf der Leine sehen«, erklärte Bony. »Wissen Sie, wer an jenem Tag gewaschen hat?«

»Zwei Lubras. Die Schwarzen haben dort am Fluß ein Lager.«

Die Gesellschaft stand jetzt unter den zwei langen Leinen. Der junge Mann, der Bony und Dickenson abends in der Bar bedient hatte, kam aus dem Hotel und ging über den Hof zu einem der Zimmer. Er zeigte keine offene Neugier, aber man sah, daß er alles beobachtete.

»Sind die Mädchen, die zu der Zeit, als Mrs. Cotton ermordet wurde, hier waren, noch bei Ihnen beschäftigt?«

»Eine davon«, antwortete der schwarze Mark. Dann setzte er leise – wenn man das bei dem Umfang seiner Stimme leise nennen konnte – hinzu: »Sie heißt Irene. Sie ist ein Halbblut.«

»Ich muß mit ihr sprechen. Holen Sie bitte das Mädchen und lassen Sie mich dann mit ihr allein.«

Der Geschäftsführer machte sich auf den Weg zur Küche. »Ein ganz offener Tagessünder«, zitierte Bony, »und solche Leute erwürgen keine Frau im Dunkeln.«

»Er hat Psoriasis«, gab Sawtell zu bedenken.

»Aber nach dem Polizeibericht konnte er ein hieb- und stichfestes Alibi für den in Frage kommenden Abend beibringen.«

»So ein Alibi haben schon viele Mörder erbracht«, knurrte Walters.

Der schwarze Mark brachte das Mädchen mit. Es war dasselbe, das der kleine Junge mit dem Wasserhahn geneckt hatte. Irene blickte ängstlich drein. Sie war ein schlankes Mädchen von etwa zwanzig Jahren. Wenn ihre Nase nicht so breit gewesen wäre, hätte man sie hübsch nennen können. Bony ging ihr entgegen, und als sie ihn lächeln sah, verschwand ihre Nervosität.

»Ich muß mit Ihnen sprechen, Irene«, sagte er. Die anderen gingen zurück zum Haus. Bony ging auf dem Rasenstreifen bis zum Flußufer weiter. Das Mädchen folgte ihm. »Sie und ich, Irene, sind Leute besonderer Art. Wir verstehen einander und können über Dinge reden, ohne uns etwas vorzumachen. Was wir sprechen, wird niemand erfahren. Einverstanden?«

»Ich schon«, sagte sie sehr sanft. Man hörte ihrer Aussprache nicht an, daß sie eine Eingeborene war. Die Neugier ging mit ihr durch. »Aus welchem Teil Australiens kommen Sie?«

»Aus Brisbane, Irene. Ich bin hier zufällig auf Urlaub, und als ich von Mrs. Cottons Tod hörte, dachte ich mir, ich könnte vielleicht Inspektor Walters ein wenig behilflich sein. Haben Sie Mrs. Cotton gern gehabt?«

Die großen Rehaugen der Lubra füllten sich mit Tränen.

»Mrs. Cotton war . . .«

»Schon recht, Irene. Ich dachte mir schon, daß sie eine gute Frau gewesen ist, und darum möchte ich ihren Mörder finden. Hat die Polizei Sie gründlich ausgefragt?«

Das Mädchen zog aus einer Tasche ihrer weißen Schürze ein kleines Taschentuch und wischte sich die Augen.

»Sergeant Sawtell hat mir allerlei Fragen gestellt«, erwiderte sie. »Wann Mrs. Cotton an jenem Abend zu Bett gegangen ist, und was wir alles getan haben.«

»Was wir jetzt besprechen, werden Sie niemandem sagen. Erinnern Sie sich, daß ein Nachthemd von der Wäscheleine verschwunden ist?«

»Ja, natürlich. Es war eines ihrer besten . . .«

»Können Sie mir sagen, an welcher Leine es befestigt war und ungefähr wo?«

»Auf jener da, die der Küche am nächsten ist, ziemlich genau in der Mitte.«

»Hingen noch viele andere Wäschestücke an der Leine?«

»Nicht sehr viele. Es war ja an einem Samstag.«

»So, an einem Samstag . . .«

»Ja . . . Wie heißen Sie?«

»Meine Frau nennt mich Bony, und Sie können mich auch so nennen.«

Irene lächelte, und nun sah sie sehr nett aus.

»Gut. Ja, sehen Sie, Bony, die Lubras aus dem Lager kommen zweimal in der Woche zum Waschen. Am Montag waschen sie die Bettwäsche der Gäste und des Personals und die anderen Stücke – Tischtücher, Küchentücher und so weiter. Dann kommen sie am Samstag wieder und waschen Mrs. Cottons und Mr. Marks Sachen.«

»Dann war also am Samstag abend Mrs. Cottons Wäsche die einzige Damenwäsche, die auf der Leine hing?«

Irene nickte.

»Sie können sich nicht denken, wer das Nachthemd gestohlen haben könnte?«

»Wirklich nicht. Ich hätte es Mrs. Cotton gesagt, wenn ich es gewußt hätte.«

»Natürlich. Warum hing denn die Wäsche so spät noch draußen?«

Das Mädchen kicherte, und Bony blickte sie erstaunt an.

»Ach, die alte Mary Ann hatte am Freitag abend ein Kind bekommen, aber sie wollte keine andere Lubra hierhergehen lassen. Sie sagte, sie habe nun zehn Jahre für Mrs. Cotton gewaschen und würde auch jenen Samstag nicht auslassen. Sie fühlte sich an dem Morgen nach der Geburt gar nicht so wohl, aber um drei Uhr nachmittags kam sie tatsächlich, sie und noch eine andere Lubra mit Namen Juliet. Es ging kein Wind, so daß die Wäsche am Abend noch feucht war.«

»Ja, die Zeit war ja nur kurz. War das schon einmal vorgekommen, daß die Wäsche so lange hängenblieb . . . in den Wintermonaten?«

»Ich kann mich nicht erinnern.«

»Macht nichts.« Bony ließ nicht locker und stellte sofort eine neue Frage, damit das Mädchen nicht abschweifte. »Wer hat Mrs. Cottons Bettwäsche abgezogen und ihr Zimmer aufgeräumt, nachdem die Leiche weggebracht worden war?«

Irene sagte, sie habe das Bett abgezogen und das Zimmer in Ordnung gebracht. Ja, den Fußboden habe sie auch gekehrt. Nein, sie habe nichts Auffälliges im Zimmer oder im Bett bemerkt. Nein, Mrs. Cotton sei an jenem Abend nicht schlecht gelaunt oder gar betrunken gewesen. Mrs. Cotton habe sich nie betrunken und sei immer gut zu ihren Angestellten gewesen. Als sie hörte, daß Mary Ann ein Kind bekommen hatte, wollte sie diese sofort ins Lager zurückschicken, aber Mary Ann habe geweint und gesagt, es fehle ihr gar nichts, und Juliet würde Mrs. Cottons beste Unterwäsche verderben.

»Als Sie dann mit dem Zimmer fertig waren, haben Sie da nicht in den Kleiderschrank geschaut, ob vielleicht etwas zum Waschen da wäre?«

»Nein. Ich habe nur zwei Kleider in den Schrank gehängt.«

»Haben Sie ni ht bemerkt, als Sie das Zimmer aufräumten, daß Mrs. Cottons Unterwäsche fehlte?«

»Doch, das habe ich bemerkt.«

»Haben Sie das nicht Sergeant Sawtell gesagt?«

»Nein. Sergeant Sawtell hat ja alles mitgenommen – Mrs. Cottons Nachthemd und ihre Unterwäsche.«

»Woher wissen Sie denn das – daß der Sergeant die Unterwäsche mitgenommen hat?«

»Das Nachthemd hat er mitgenommen, da wird er wohl auch die Unterwäsche eingesteckt haben«, war die naive Antwort.

»Ja, das ist eine ganz natürliche Annahme«, gab Bony zu. »Sie haben nie ein Bündel Fetzen in Mrs. Cottons Kleiderschrank gesehen?«

»Fetzen?« Irene lachte. »Die hätte Mrs. Cotton doch nie in ihrem Zimmer geduldet. Sobald etwas nicht mehr brauchbar war, kam es ins Lager der Schwarzen.«

»Haben Sie vielen Dank, Irene. Verraten Sie ja nichts von dem, was wir miteinander gesprochen haben. Das bleibt ein kleines Geheimnis zwischen uns beiden. Was ich noch sagen wollte... An jenem Samstagnachmittag waren doch eine Menge Leute aus der Stadt hier. Erinnern Sie sich vielleicht an einen Gast, der vom Hof hereingekommen ist?«

»So unverschämt würde doch wohl niemand sein«, meinte Irene.

»Hat sich vielleicht einer über den Zaun gelehnt und neugierig hereingeblickt?«

Das Mädchen wollte gerade den Kopf schütteln. Da stieg unter der hellbraunen Haut Röte auf. Sie nickte und sagte nach einigem Zögern: »Ja, da war dieser Mr. Flinn. Als ich kurz vor dem Dunkelwerden noch einmal hinausging, um zu sehen, wie die Wäsche trocknete, beugte er sich über den Zaun und rief mich an, aber ich bin nicht hingegangen.«

»Mögen Sie Mr. Flinn nicht?«

»Ich verabscheue ihn. Er ist schon lange hinter mir her. Mr. Mark hat gedroht, er würde ihm den Schädel einschlagen, wenn er mich noch weiter verfolgte.«

»Nun, Irene, jetzt muß ich gehen. Auf Wiedersehen!«

»Auf Wiedersehen . . . Bony!«

Er winkte ihr von der Lattentür aus zu. Dann suchte er die beiden Polizeibeamten und fand sie mit dem schwarzen Mark auf der Veranda. Der Geschäftsführer begleitete sie zum Auto. Bevor Bony in den Wagen stieg, sagte er zu ihm, indem er ihm fest in die schwarzen Augen blickte: »Ich habe mich ein wenig mit Irene unterhalten. Sie weiß nichts von der zerrissenen Wäsche, die wir im Kleiderschrank gefunden haben. Möchten Sie wirklich gern wissen, wer Mrs. Cotton ermordet hat?«

»Sie werden es mir sicher sagen.«

»Eines Tages sage ich es Ihnen vielleicht . . . unter gewissen Bedingungen.«

»Und die wären?«

»Daß Sie nichts von der zerrissenen Unterwäsche erwähnen, daß Sie Irene nicht fragen, was wir zusammen gesprochen haben, weil ich ihr geraten habe, sie solle darüber den Mund halten. Ferner, daß Sie für sich behalten, daß ich ein Freund von Inspektor Walters bin und mich für Mörder interessiere.«

Der schwarze Mark weitete seine Brust, und der Brustkasten schien den Saum seines Bartes zu heben.

»Verstehe«, sagte er.

I I

Im Lauf der folgenden Tage wurde Bony immer unruhiger. Die Zeit war, wie er so oft gesagt hatte, sein bester Bundesgenosse. Aber in der Lage, in der er sich jetzt befand, konnte er sich nicht darauf verlassen, weil der Doppelmörder die Zeit nur nach dem Mond maß. Und jetzt war der Mond im letzten Viertel, es stand eine Zeit der Dunkelheit bevor.

Bony saß in seinem ›Büro‹ – einer Ecke der Veranda. Der Tisch war mit Notizblättern übersät, und zwei kleine Muschelschalen waren mit Zigarettenstummeln überfüllt.

Wäre der Mond nicht im Abnehmen gewesen, so hätten ihn die Fortschritte, die er bis jetzt bei seinen Untersuchungen gemacht hatte, vollauf befriedigt. Seine Geduld nahm jedenfalls nicht ab, aber die Mondsichel war jetzt so schmal, daß sie kaum noch Licht spendete. Man mußte zusätzliche Maßnahmen treffen, um diesen wahnsinnigen Mörder davon abzuhalten, sich womöglich ein neues Opfer zu suchen.

Als Mrs. Walters ihm um elf Uhr Tee brachte, fragte er sie, ob sie ein paar Minuten Zeit hätte.

»Ich finde so viel typisch Weibliches in dieser Sache, daß nur eine Frau wirklich tiefe Kenntnis von ihren Geschlechtsgenossinnen haben kann. Hören Sie mir bitte aufmerksam zu, wenn ich Ihnen Tatsachen vorlege, von denen einige Ihrem Mann und auch Sawtell nicht bekannt sind. Was wir hier besprechen, bleibt bitte unter uns. Am Samstag, dem siebenten April, blieb Mrs. Cottons Leibwäsche die ganze Nacht auf der Leine, weil die Lubra an jenem Tag erst spät zum Waschen gekommen war. Am nächsten Morgen fehlte ein seidenes Nachthemd, das Mrs. Cotton gehörte. Es ist nie wieder zum Vorschein gekommen. Ein paar Abende später, am Zwölften, wurde Mrs. Cotton tot auf dem Hotelhof gefunden, und ich entdeckte in ihrem Kleiderschrank ihre ganze Unterwäsche. Sie war in Fetzen zerrissen.

Ein paar Wochen später wiederholt sich dieselbe Geschichte. Am dritten Mai hatte Mrs. Mallory, die Zugehfrau, bei Mrs. Eltham gewaschen. Da die Wäsche abends noch nicht trocken war, blieb sie auf der Leine hängen. Während der Nacht wurde ein seidenes Nachthemd gestohlen. Zwei Abende später wurde Mrs. Eltham erwürgt. Ich fand ihre Unterwäsche zerrissen und zerfetzt zu einem Bündel eingewickelt in ihrem Kleiderschrank. Beide Frauen wurden, wie Sie sich erinnern werden, nackt aufgefunden, und neben der Leiche lag das zerrissene Nachthemd. Die Hemden waren nur von oben bis unten aufgerissen, aber nicht zerstückelt. Was halten Sie davon?«

»Ich glaube, der Mörder tötete die Frauen, weil er sie fürchtete.«

»Aus der zerrissenen Wäsche läßt sich entnehmen, daß der Täter ein Mensch ist, dessen Geschlechtsleben so aus dem Gleichgewicht geraten ist, daß er zum Lustmörder wird. Ein solcher Mensch kann seinen gesellschaftlichen oder geschäftlichen Verpflichtungen weiter nachgehen, ohne daß andere, die mit ihm zu tun haben, den geringsten Argwohn schöpfen.«

Bony machte eine Pause, um Mrs. Walters Gelegenheit zu geben, eine Bemerkung zu machen, aber da sie nichts sagte, stellte er eine Frage, die sie in Erstaunen setzte: »Haben Sie schon einmal in Ihrem Leben einen Mann getroffen, der nach außen hin ganz nett erschien, aber doch etwas in sich zu haben schien, das Sie erschreckte?«

»Ja«, antwortete sie.

»In Broome?«

»Nein, es war, bevor ich heiratete und nach Broome kam. Ich bin Männern begegnet, denen ich trotz ihres angenehmen Wesens nicht trauen konnte.«

»Hm. Kennen Sie einen solchen Mann in Broome?«

Mrs. Walters zog den Mund zusammen.

»Bedenken Sie bitte, daß wir hier ganz vertraulich sprechen«, sagte Bony.

»Nun, es gibt hier in Broome einen Mann, mit dem ich nicht allein sein möchte. Das ist Arthur Flinn. Er war der Mann, der Ihnen bei der Schulfeier im Ausstellungssaal auf Ihre Frage keine Antwort gab, worauf dann Mrs. Simmond rasch eingriff.«

»So, das war Arthur Flinn.« Geschickt wechselte Bony das Thema. »Wie viele Witwen gibt es in Broome, die verhältnismäßig jung und so gut gestellt sind, daß sie sich elegante Unterwäsche leisten können?«

»Nun, da ist in erster Linie Mrs. Sayers«, antwortete Mrs. Walters ohne Zögern. Bony zog ein Blatt Papier heran und schrieb den Namen auf. »Dann kommen Mrs. Watson, Mrs. Clayton und Mrs. Abercrombie. Mrs. Overton müssen wir auch noch hinzurechnen. Das wären fünf.«

»Danke. Welche von diesen fünf Witwen würde ihre Unterwäsche zu Hause waschen lassen?«

»Keine Frau, die ihre fünf Sinne beisammen hat, würde wohl so unvernünftig sein, zarte Unterwäsche in eine Wäscherei zu schicken«, antwortete Mrs. Walters. »Jede, die sich einen solchen Luxus leisten kann, wird auch eine Lubra finden, die zu Hause für sie wäscht, oder sie wäscht selbst.«

»Ja, das kann man annehmen. Gibt es noch andere Witwen ... außer den fünf, die wir schon angeführt haben?«

»Ich könnte noch verschiedene nennen, aber sie gehören nicht den Kreisen an, aus denen diese fünf stammen und denen auch jene zwei Unglücklichen angehörten.«

»Noch ein paar Fragen, dann ist das Verhör zu Ende. Kennen Sie diese fünf Frauen näher?«

»O ja. Mit Mrs. Abercrombie und Mrs. Overton und natürlich mit Mrs. Sayers treffe ich mich häufiger. Mrs. Watson kenne ich nicht so gut. Mrs. Clayton tut ein bißchen gespreizt, sie bildet sich etwas darauf ein, daß ihr Mann Schriftsteller war.«

»Ich denke, wir müssen etwas unternehmen, um diese fünf Frauen zu schützen. Ich werde mit Ihrem Mann darüber sprechen. Wie oft lassen Sie Ihre Wäsche zu dieser Jahreszeit nachts draußen?«

Mrs. Walters überlegte.

»Während der Wintermonate selten. Vielleicht jeden Monat einmal . . . wenn der Wind feucht vom Meer her weht.«

Bony erhob sich.

»Ich danke Ihnen für Ihre Mithilfe. Jetzt bin ich besser gerüstet, es mit Ihrem Mann aufzunehmen. Er ist böse auf mich, weil ich ihm nicht gesagt habe, wie ich erfahren habe, daß jemand in Mrs. Elthams Haus war, obwohl es von der Polizei abgeschlossen wurde.«

»Ja, ich weiß, Bony. Harry kann es gar nicht vertragen, wenn man Geheimnisse vor ihm hat.«

Als Mrs. Walters fort war, verglich er die mit ihrer Hilfe verfertigte Liste mit der von Sawtell aufgestellten. Die fünf standen auch auf Sawtells Liste. Einige Anmerkungen, die Sawtell bei jeder dieser Personen gemacht hatte, notierte er sich auf seiner Liste. Mrs. Sayers bewohnte ihr Haus allein, aber in einem Zimmer in einem kleinen Nebengebäude auf dem Hof wohnte ein Mann namens Briggs, der ihr Chauffeur und Hausmeister war. Täglich kam eine Zugehfrau, welche die Hausarbeit erledigte und kochte. Mrs. Overton wohnte ganz allein. Mrs. Clayton lebte mit ihrer vierzehnjährigen Tochter zusammen. Mrs. Watson hatte zwei kleine Kinder von vier und drei Jahren. Eine verheiratete Schwester verbrachte oft den Abend bei ihr. Mrs. Abercrombie hatte eine Gesellschafterin, die weit älter war als sie . . . Am meisten gefährdet war wohl Mrs. Overton. Aber Mrs. Cotton war ermordet worden, obwohl sie von vielen Leuten umgeben war.

Natürlich bot die Bewachung dieser Frauen keine Schwierigkeit, aber eine solche Vorsichtsmaßnahme würde sicher von dem Verbrecher bemerkt werden, der sich dann auf eine unbewachte Frau stürzen könnte. Es war nur eine Annahme, daß er eine besondere Vorliebe für Witwen hatte. Aber in dieser Sache konnte man überhaupt nur mit Annahmen weiterkommen.

Es gab einen Weg, den Bony nur ungern einschlug. Der Mörder hatte den Frauen, die er als seine Opfer ausgesucht hatte, vorher die Nachthemden gestohlen. Dieser Diebstahl schien eine Vorbedingung für den Mord zu sein. Man konnte die fünf Witwen aufsuchen und sie auffordern, sofort Mitteilung zu machen, wenn sie einen solchen Verlust bemerkten. Aber konnte man sich darauf verlassen, daß sie nicht über ein solches Ersuchen der Polizei redeten? Es war zwecklos, etwas in dieser Hinsicht zu unternehmen, wenn nicht absolute Sicherheit bestand, daß das amtliche Interesse für Nachthemden und Wäscheleinen dem Mörder nicht zu Ohren kam.

Und doch – es wäre eine Katastrophe, wenn dem Mörder noch eine Frau zum Opfer fiele. Als Bony beim Mittagessen Nanettes fröhlichem Geplauder zuhörte, beschloß er, den fünf Witwen die Bedeutung eines solchen Diebstahls klarzumachen. Nach dem Essen stieß er diesen Entschluß wieder um. Nie hatte er sich bis jetzt in seiner Laufbahn so unsicher gefühlt, noch nie hatte er einen Entschluß so zögernd gefaßt.

Während des Nachmittags saß er bei Inspektor Walters im Büro.

»Haben Sie noch einen anderen Stadtplan?« fragte er.

Nach kurzem Suchen fand der Inspektor ihn.

»Zeichnen Sie auf ihm mit roter Tinte die Lage der Häuser ein, in denen die Witwen Sayers, Overton, Abercrombie, Watson und Clayton wohnen«, bat er den Inspektor, der das sogleich ohne jede Bemerkung tat. »Ich versuche, einen Weg zu finden, wie wir diese fünf Frauen schützen können, ohne daß der Mann, den wir suchen, Verdacht schöpft. Ich habe es ursprünglich für angebracht gehalten, daß einer von uns die Frauen besucht und sie bittet, uns sofort zu berichten, wenn ihnen ein Nachthemd von der Wäscheleine gestohlen werden sollte. Dieses Verfahren erscheint mir auch jetzt noch richtig, aber es hat einen großen Nachteil. Wir haben keine Garantie dafür, daß man nicht darüber redet, und so ein Geschwätz kommt in Broome einer Übertragung durch den Lautsprecher gleich. Vielleicht ist das beste, was wir tun können, die fünf Häuser unauffällig zu überwachen, und wenn wir sehen, daß abends Wäsche hängen bleibt, uns in der Nähe auf die Lauer zu legen.«

»Ja, das dürfte wohl der beste Weg sein.«

»Könnten Sie es so einrichten, daß Clifford, Sawtell und wir beide uns in die Aufgabe teilen, die Häuser zu überwachen?«

»Das ginge ohne weiteres.«

»Gut. Dann könnte Sawtell gleich heute abend mit dem Rundgang beginnen.«

»Sicher.Und Clifford wird ihm morgen folgen. Am besten in der Abenddämmerung, nicht wahr?«

»Ja, zwischen Sonnenuntergang und Dunkelheit. Wenn mir nur Zeit bliebe, würde ich diesen Burschen so einkreisen, daß er nicht mehr entwischen könnte und wir genügend Material in die Hand bekämen, um ihn verhaften zu können. Aber das erfordert Zeit, und die Witwen von Broome befinden sich in so großer Gefahr, daß ich nervös werde. Jetzt sagen Sie mir bitte, was Sie über Arthur Flinn wissen.«

Der Inspektor holte eine Karteikarte und las vor: »Flinn, Arthur Willoughby, Alter achtundvierzig. Nicht verheiratet. Von Beruf Perlenhändler. Wohnt im Seahorse Hotel im Chinesenviertel, hat ebendort ein Büro, das aber jetzt geschlossen ist. Kam vor zehn Jahren nach Broome, angeblich von Sydney. Gab an, daß er zehn Jahre lang ein Geschäft in Darwin hatte. Ist – ebenfalls nach seinen Angaben – in Australien geboren und besitzt genügend Mittel, um unabhängig zu leben.«

»Danke«, murmelte Bony. »Ich würde am liebsten nach Darwin telegrafieren, um seine Angaben nachprüfen zu lassen, aber wir können jetzt nicht einmal den Postbeamten trauen. Schreiben Sie per Luftpost. Vielleicht weiß man etwas über ihn. Geht der Brief noch heute abend fort?«

»Morgen früh. Wir könnten einen Tag später Nachricht haben. Steht er in Verdacht?«

»Flinn ist Dr. Mitchells Patient und hat Psoriasis. Am Abend des siebten April, an dem Mrs. Cottons Nachthemd gestohlen wurde, hat er sich über den Zaun gelehnt, der den Hof des Hotels von dem Rasenstück abschließt. Sie werden sich an die Hautteilchen erinnern, die ich in Mrs. Elthams Schlafzimmer am Boden fand. Unter dem Staub, den ich in Mrs. Cottons Zimmer zusammenkehrte, befanden sich keine solchen Teilchen. Dr.

Mitchell hat ihn unter dem Mikroskop geprüft und keine Hautpartikel entdeckt. Das Zimmer ist von dem Hotelstubenmädchen Irene gleich nach der Entfernung der Leiche gründlich gereinigt worden. Dieses Häufchen Staub beweist nur, daß der Mörder nach seinem Verbrechen nicht mehr in das Zimmer zurückkehrte, um Mrs. Cottons Unterwäsche zu zerreißen. Es beweist, daß er das in der gleichen Nacht besorgte, in der er sie ermordete. Er hatte auch Zeit, die Wäsche zu zerfetzen, als er Mrs. Eltham ermordete. Warum er es nicht tat, sondern später zurückkehrte, um es nachzuholen, kann ich nicht sagen.«

»Jetzt fällt mir ein, daß ich Flinn schon häufig abends durch Broome habe schlendern sehen«, bemerkte Walters. »Sollen wir ihn beobachten?«

»Das erledigt bereits ein Freund für mich.«

»Wer?«

»Mr. Dickenson tut mir den Gefallen.«

»Aber um diese Zeit ist er ja bereits betrunken. Um den Quartalsersten herum ist er nie nüchtern.«

Bony lächelte verschmitzt.

»Mr. Dickenson tut mir den Gefallen, sich nicht zu betrinken. Wenn Sie ihn sehen, wie er um die Häuser der Witwen schleicht, werden Sie ihm innerlich wegen Ihres Verdachts Abbitte leisten. Ich kann Ihnen versichern, daß er stocknüchtern ist und ein aufrichtiges Interesse an der Fahndung nach dem Mörder hat.«

»Na, na! Sie werden Ihren Beruf noch an den Nagel hängen und Entwöhnungskuren für Alkoholiker organisieren.«

»Damit wird es nichts werden. Ich habe ihm nämlich versprochen, daß wir uns in Dampiers Hotel einen tollen Rausch antrinken werden, wenn wir den Mörder erwischen.«

»Da würde ich auch mitmachen. Jetzt geht mir ein Licht auf. Am Abend, bevor Sie Mrs. Elthams Haus untersuchten, waren sie mit dem alten Dickenson in Dampiers Hotel. Lassen Sie mich nachdenken. Vier Tage nach der Abreise der Untersuchungskommission wurde Dickenson wegen Säurevergiftung ins Krankenhaus eingeliefert. Er könnte die Batteriesäure aus Mrs. Elthams Auto entnommen haben. Er könnte in der Nacht, in der er die Säure stahl . . .«

»Donnerwetter! Sie werden noch im Landeskriminalamt landen«, sagte Bony lächelnd. Aber Walters blieb ernst.

»Was hat denn nun Dickenson eigentlich gesehen, Bony? Darf ich das wissen?«

Bony erzählte das Abenteuer, das Dickenson in jener Nacht gehabt hatte.

»Was! Zähneklappern!« rief Walters erstaunt. »Der Kerl hat vielleicht ein falsches Gebiß.«

»Oder die Zähne klapperten ihm vor Angst und Entsetzen. Ich möchte unseren Arthur Flinn gern einmal in ähnlicher Gemütsverfassung sehen.«

»Somit nützt uns diese Mitteilung nicht viel, nicht wahr?«

»Sie könnte vielleicht noch wertvoll werden. Jedenfalls ist sie in meiner Sammlung kleiner Einzelheiten nicht unbedeutend. Ah, da kommt der Postbote!«

Als der Briefträger fort war, sortierte der Inspektor die Post und schob mehrere Briefe über den Tisch zu Bony hin. Walters verwandte zwei Minuten auf das Studium eines amtlichen Schreibens, und als er seine Aufmerksamkeit wieder auf Bony richtete, sah er, daß dieser zur Decke starrte.

»Das Hauptquartier berichtet«, sagte Bony, »daß keiner der drei Beamten aus Perth an Psoriasis leidet. Das verengt den Kreis der Betroffenen, denn der Apotheker kennt als Patienten nur zwei Frauen, einen sechzehnjährigen Jungen und einen Mann, der schon acht oder neun Wochen mit der Perlenfischerflotte auf See ist. Meine eigene Dienststelle in Brisbane teilt mir mit, daß die Fingerabdrücke auf dem Glas, das ich aus Dampiers Hotel entliehen habe, von Ronald Locke stammen.«

»Was! Das ist eine Neuigkeit!« rief Walters aufs höchste erstaunt. »Unser Richard Blake ist Ronald Locke.«

12

Richard Blake war also Ronald Locke! Jeder Polizeibeamte in ganz Australien sah rot, wenn er nur an Ronald Locke dachte. Bony war unter ihnen keine Ausnahme, als er nach dem Abendessen durch Broome schlenderte.

Ronald Locke war Oberkellner in einem vornehmen Klub gewesen. Obwohl er erst Anfang Zwanzig war, wurde er durch seine gefälligen Manieren und die vollendete Kunst seiner Bedienung von Leuten, die Wert auf beides legten, sehr geschätzt. Bei seinem Prozeß trat ein Zeuge nach dem anderen für ihn ein. Er wurde überführt, ein sechzehnjähriges Mädchen erdrosselt zu haben, welches ein Kind von ihm erwartete und ihn angeblich damit zu erpressen versucht habe. Er wurde zu zwanzig Jahren Zuchthaus verurteilt. Locke erhielt nach Verbüßung der Hälfte seiner Strafe Bewährungsfrist ... und verschwand auf Nimmerwiedersehen.

Bonys Interesse für einen Mörder schwand schnell, wenn er das Verbrechen aufgeklärt hatte, aber seine Sympathien waren immer auf seiten des Opfers und dessen Angehörigen. Doch jetzt, da er Ronald Locke in Reichweite hatte, eilte es ihm gar nicht, ihn verhaften und unter Anklage stellen zu lassen, weil er sich der Bewährungsprobe durch Flucht entzogen hatte. Weit konnte Locke hier im Nordwesten nicht kommen.

Walters und Sawtell nahmen natürlich ohne weiteres an, daß Locke Mrs. Cotton und Mrs. Eltham ermordet hatte, aber dieser jugendlich aussehende Mann paßte nicht in den Rahmen, den Bony aus seinen wenigen Indizien gezimmert hatte, war dem Mörder, den er suchte, zuwenig ähnlich. Er würde den Kellner in Dampiers Hotel natürlich nicht aus den Augen lassen.

Bony kam an Mrs. Sayers Haus vorbei. Es stand weit von der Straße weg und war groß und geräumig, von Rasenflächen umgeben, auf denen an jeder Seite des Hauses eine große Palme stand. Hinter der rechten Palme konnte man einen Wäschetrockner sehen.

Bony ging weiter, gelangte zum Seahorse Hotel. Man hätte von der Straße aus, wenn nicht die Wellblechbaracken des Chinesenviertels den Ausblick versperrt hätten, die Mündung des Dampierflusses in der Bucht sehen können. Auf einer Bank am Bürgersteig saß Mr. Dickenson. Der alte Mann schien zu schlafen.

Auf dem Bürgersteig tat Bony so, als ob er strauchelte, sah auf seine Schuhe hinunter, ging zu der Bank und stellte einen Fuß darauf, um die Schnürsenkel zu binden.

»Ist Flinn da?« fragte er leise.

»Er ist vor einer halben Stunde auf sein Zimmer gegangen«, murmelte Dickenson, ohne sich zu rühren. »Zu Mittag hat er im ›Port Cuvier‹ gegessen, und am Nachmittag war er bei Mrs. Sayers zum Tee.«

»Danke, Mr. Dickenson. Wenn wir ihn im Auge behalten, werden wir ihm schon hinter die Schliche kommen.«

Bony ging die Straße entlang, die parallel zum Fluß verlief. Er kam an Baracken und kleinen Häusern vorbei, in denen es von farbigen Frauen und Kindern wimmelte. Er bog nach links ab und kam zu dem Warenhaus, das Mrs. Sayers gehörte. Das Licht der untergehenden Sonne vergoldete die häßlichen Barakken, und über dem Fluß kreisten Möwen. In seinem Auto, das vor dem Warenhaus parkte, saß Johnno.

»Guten Tag!« rief er, lange bevor Bony am Wagenfenster stehenblieb. »Kleinen Spaziergang gemacht, wie? Na, wie gefällt Ihnen Broome?«

»Soweit ganz gut«, sagte Bony. »Fährt hier eigentlich nie jemand zum Fischen?«

»Zum Fischen! Sie wollen fischen?« Mit blitzenden Zähnen und funkelnden Augen drückte Johnno sein Entzücken und seine Verwunderung aus, daß ein Mann wie Bony fischen wollte. »Gut. Ausgezeichnet. Wollen Sie morgen fahren oder übermorgen? Wann Sie wollen, jederzeit. Ein guter Freund von mir hat ein Motorboot. Nur ist es meistens so, daß die Fische schlafen, wenn wir sie zum Mitkommen einladen. Aber das macht nichts. Wir sind ja auch manchmal müde.«

»Ich werde daran denken«, versprach Bony. »Und wo sind die Perlenfischer und die Perlenkäufer?«

Johnno bekam einen Lachanfall.

»Perlen? Das war einmal«, sagte er dann, als er wieder zu Atem kam, und fuhr mit seinem üblichen Wortschwall fort: »Früher lagen die Perlen hier auf der Straße. Das Meer konnte die Taucher nicht fassen, es wimmelte von Javanern, Malaien und Japanern. Alle hatten Geld wie Heu.« Er machte so heftige Bewegungen mit Schultern und Armen, daß er fast gegen das Wagendach stieß. »Spielten die ganze Nacht, tranken die ganze Nacht, saßen herum und tranken, ließen sich's gutgehen. Perlen – es gab ganze Berge davon! Jetzt nichts mehr. Vielleicht in einer Saison eine oder zwei.«

»Dann haben also die Perlenhändler nichts mehr zu tun?«

»Perlenhändler? Die gibt's nicht mehr, sind alle weg.«

»Ist nicht Mr. Flinn Perlenhändler?«

Johnno verzog das Gesicht und zuckte die Schultern . . . Schnell ließ Bony das Thema Flinn fallen.

»Nun, ich werde von mir hören lassen, Johnno. Wir fahren zum Fischen, nicht wahr?«

»Sagen Sie mir, wann es Ihnen paßt, und ich sage es meinem Freund«, stimmte Johnno zu.

Bony ging zum Warenhaus. Es war bald Ladenschluß. Er

hatte es gerade erreicht, als Mr. Rose und Mr. Percival durch die Tür kamen.

»Erinnern Sie mich daran, Percival, daß wir am Mittwochmorgen Leggit wegen der neuen Verfügung kontrollieren«, sagte Mr. Rose gerade, als er Bony erblickte. Beide Männer trugen weiße Leinenanzüge, Tropenhelme und Segeltuchschuhe. Rose betrachtete Bony mit finsterem Gesicht, das sich aber sofort aufhellte, als Bony ihn grüßte.

»Sie erinnern sich schneller als ich«, sagte Rose mit echter Verlegenheit. »Wo haben wir uns kennengelernt?«

»Es ist Mr. Knapp«, griff Percival ein. »Er war mit Mrs. Walters auf unserem Schulfest.«

»Ach ja, natürlich. Man wird alt.« Der Direktor lachte. »Ja, ja, das Alter kommt eher, als man denkt. Gefällt es Ihnen hier in Broome, Mr. Knapp?«

»Danke, sehr gut« beteuerte Bony. »Ich hoffe, noch eine Woche bleiben zu können.«

»Prächtig! Wir würden uns freuen, wenn wir Sie einmal an einem Nachmittag bei uns begrüßen könnten, nicht wahr, Percival? Etwa um halb fünf. Ich werde Ihnen dann die Schule gründlich zeigen, und wenn wir ein gutes Wort bei der Hausdame einlegen, bekommen wir einen vorzüglichen Tee. Percival, erinnern Sie mich doch bitte daran, daß ich Inspektor Walters' Brief beantworte, in dem er sich über die schlechte Ausdrucksweise seines Sohnes beschwert.«

Percival ließ nicht im geringsten erkennen, daß er diese Bitte gehört hatte. Sein Gesicht war ausdruckslos, aber seine Augen waren lebhaft und wachsam. Er verfolgte genau, wie Bony auf Roses Worte reagierte. Bony drückte seinen Dank für die Einladung aus und ging, nachdem er sich verabschiedet hatte, in das Kaufhaus, wo er hinter einem Berg von Stoffballen die Abfahrt der beiden Lehrer in Johnnos Taxi beobachtete.

Ein sonderbares Paar, dachte Bony. Der Direktor, der seine Allmacht offen zeigte, und sein schweigsamer, aber wachsamer Stellvertreter. Bony erledigte seine Einkäufe; er war der letzte Kunde, der aus der Tür gelassen wurde.

Auch das Büro der Polizeistation war schon geschlossen. Bony ging daher in die Küche, wo er Walters antraf. Bei seinem Eintreten legte der Inspektor die Zeitung, in der er gelesen hatte, fort und sah Bony mit finsterem Gesicht an.

»Ich denke, wir werden die Auskunft von Brisbane einstweilen gar nicht beachten«, sagte er. »Ich hielte es für verfehlt, wenn wir Locke sofort wegen dieses Delikts zur Rechenschaft zögen und ihn nach dem Osten schickten, inzwischen aber uns den Mörder durch die Finger schlüpfen ließen.«

»Locke hat bereits ein Mädchen erwürgt«, bemerkte Walters kalt. »Er könnte auch die beiden Frauen hier in Broome ermordet haben.«

»Natürlich, aber wir haben kein Beweismaterial gegen ihn – bis jetzt. Ich erinnere mich sehr genau an den Prozeß. Es wurde keine Beschuldigung vorgebracht, daß Locke Nachthemden zerrissen und Unterwäsche zerfetzt hat. Ich habe noch einen anderen Grund, Locke vorerst auf Eis zu legen.«

»Na, was gibt's, Sawtell«, fragte Walters den Eintretenden.

Als Bony die Augen des Sergeanten und seine zusammengepreßten Lippen sah, wußte er, daß etwas Entscheidendes geschehen war. Sawtell ging zu den beiden Männern hin, zog einen Streifen rosa Seide aus seiner Seitentasche und legte ihn auf den Tisch. In einem Tonfall, als stände er als Zeuge vor Gericht, berichtete er: »Als ich durch den Heckenweg hinter Mrs. Overtons Haus ging, fiel mir vor der Hintertür etwas Helles in die Augen. Ich konnte sehen, daß die Hintertür geschlossen war. Aus dem Kamin stieg kein Rauch. Nach dem Plan, den wir heute nachmittag über die Beobachtung der Häuser der fünf Frauen festgelegt haben, näherte ich mich dem Haus nicht weiter, sondern ging um den Block herum, bis ich an die Vorderseite des Hauses kam. An der Eingangstür, die geschlossen, aber nicht verschlossen war, befindet sich ein kleiner Briefkasten. Die am Morgen zugestellte Post war noch im Kasten. Unter diesen Umständen hielt ich es für besser, ehe ich weiterforschte, zuerst Bericht zu erstatten.«

Bony besichtigte den Seidenfetzen. Er war etwa zwanzig Zentimeter lang und etwa fünf Zentimeter breit.

»Hoffentlich stimmt unsere Vermutung nicht«, sagte Bony leise. »Wir wollen gehen.«

»Sollen wir Abie mitnehmen?« fragte Sawtell.

»Nein, er soll hierbleiben, bis wir mehr wissen«, sagte Bony in scharfem und ungewöhnlich bestimmtem Ton.

Als sie zu Mrs. Overtons Haus kamen, stellte Bony gleich am Eingang fest, daß der Fahrweg mit Sand aufgeschüttet war. Er sah dort viele Fußabdrücke, darunter die von Sergeant Sawtell, Abdrücke von Frauenschuhen, die eines Knaben, bloßer Männerfüße und auch solche von Schuhgröße 42. Bei diesen waren die Innenseiten der Hacken abgetreten, auf der linken Sohle hatte sich ein kreisförmiger Gegenstand abgezeichnet.

Der Bungalow war unter Durchschnittsgröße. An der Vorderfront waren die Sturmläden geschlossen. Farbiges Lattenwerk grenzte die Vorderseite der Veranda ab. Die Latten waren so angeordnet, daß sie kleine Rauten bildeten. Die Bäume und Bretterzäune zu beiden Seiten verbargen das Haus fast völlig.

»Sollen wir vorn oder hinten hineingehen?« fragte Walters.

»Hinten. Wenn auf unser Klopfen keine Antwort erfolgt, brechen wir die Tür auf.«

Ein Pfad lief um das ganze Haus. Bony bat seine Begleiter, neben dem Weg zu gehen. Dieselben Spuren, die er auf dem Fahrweg gesehen hatte, waren auch hier. Bony bemerkte, daß auf dieser Seite keine Veranda und daher auch keine Sturmläden waren. An der Rückfront endete der Weg auf einer zementierten Fläche, die zwischen dem Haus und einem kleinen Nebengebäude lag. Von der Zementfläche aus wand sich ein anderer Pfad, dessen Ende man nicht sehen konnte, zwischen Büschen hindurch.

Bony klopfte heftig an die Küchentür.

Als sich niemand rührte, sagte Sawtell: »Ich werde sie eindrücken.«

»Warten wir noch.«

Bony bückte sich und schaute durch das Schlüsselloch. Da war er sicher, daß er sich nicht verhört hatte. Aus dem Hause drang ein sonderbares Geräusch, wie wenn Wasser gurgelnd aus dem Ausfluß einer Badewanne flösse. Zehn Sekunden lang lauschte er. Das Geräusch dauerte an und hatte einen eigenen Rhythmus.

»Hat einer von Ihnen eine Pistole?« fragte Bony.

Walters schüttelte den Kopf. Der Sergeant stand vor der

Türe, hob einen Fuß und stieß ihn mit solcher Kraft dagegen, daß sie nach innen aufsprang und fast aus den Angeln gerissen wurde.

Sie standen in einer gewöhnlichen Küche, neben der sich das Badezimmer befand. Ein Gang führte mitten durch das Haus. Am anderen Ende konnte man das Lattenwerk sehen, das die vordere Veranda abschloß. Die Küche war klein und sauber. Auf dem Boden lag ein kleiner Spitz, dessen Flanken auf und ab wogten, und aus der Schnauze kam das Geräusch, das Bony für das Gurgeln einer Abflußröhre gehalten hatte. Auf dem Linoleum unter der Schnauze des Hundes befand sich Blut. Die Augen des Tieres waren halb geschlossen.

Sawtell warf einen Blick in das Badezimmer und folgte dann dem Inspektor und Bony auf den Gang. Bony öffnete die Türen. Die ersten zwei führten in kleine Schlafzimmer. Die linke Tür nach vorn hin stand zum Wohnzimmer offen. Die Tür gegenüber war geschlossen. Bony berührte die Klinke nur mit den Spitzen des Zeigefingers und des Daumens, öffnete die Tür und stieß sie nach innen.

Drinnen war es stockdunkel. Bony riß ein Zündholz an. In dem Schein der winzigen Flamme sah man ein weißes Bett. Neben dem Türpfosten fand er den Lichtschalter. Mit der Ecke der Zündholzschachtel drückte er auf den kleinen Knopf. Es blieb dunkel.

»Den Hauptschalter suchen!« dirigierte er und hörte einen seiner Begleiter auf die Veranda laufen. Während er in der Dunkelheit wartete, machte er sich Vorwürfe, weil er etwas unterlassen hatte, was hätte getan werden sollen und was vielleicht das Schreckliche, das er in dem flackernden Licht seines Zündholzes gesehen zu haben glaubte, verhindert hätte.

Das Licht flammte auf. Hinter Bony rief der Inspektor mit gepreßter Stimme: »Er hat sie erwischt!«

Das Zimmer schien kleiner als es war, weil zu viele Möbel darin standen. Es enthielt ein Doppelbett. Die rosarote Bettdecke war mit der Wolldecke und dem Leintuch zurückgeschlagen. Auf dem Bett lag eine Frau. Ihr Körper war nackt. Sie lag auf dem Rücken, die Beine gestreckt, die Arme nahe an den Seiten. Gesicht und Hals bildeten einen scharfen Kontrast zu der Weiße des übrigen Körpers, und in demselben Kontrast stand das weiße Kissen zu dem ziemlich langen schwarzen Haar der

Frau. Sie mußte Ende der Zwanzig gewesen sein und gut ausgesehen haben.

Daß die Frau tot war, sah man auf den ersten Blick. Neben dem Bett lag ihr Nachthemd. Bony bückte sich danach. Es war von oben bis unten aufgerissen. Er deckte damit die Leiche zu.

»Im Kleiderschrank, Sawtell«, sagte Bony, indem er die Umrisse der toten Gestalt betrachtete, die jetzt von cremefarbener Seide verhüllt war. »Keine Unordnung im Zimmer. Sie kann nicht im Bett gewesen sein, als er sie erwürgte, oder wenn er sie auf dem Bett tötete, entfernte er anschließend die Leiche, um das Bett ordentlich herzurichten. Er wird von Gewohnheiten gelenkt, die ihn vollständig beherrschen. Ich sehe ihn als einen Mann, der keine Unordnung ausstehen kann. Haben Sie das Bündel gefunden, Sawtell?«

»Ja«, erwiderte der Sergeant. »In der äußersten Ecke des Kleiderschranks.«

»Wir wollen es jetzt nicht aufmachen. Einen Besen, bitte. Dieser Mörder könnte alles sein außer einem Seemann, einem Arbeiter oder einem Buschmann. Er ist weder ein Asiate noch ein Eingeborener.«

»Er könnte Oberkellner sein«, bemerkte Inspektor Walters.

»Ja, das wäre möglich. Ein Schiffskellner, ein Diener oder ein Feldwebel, der jahrelang für Reinlichkeit und Ordnung sorgen mußte. Der sterbende Hund geht mir auf die Nerven.«

»Der Mörder hat ihn schlimm zugerichtet. Was sollen wir tun?«

»Viel können wir nicht tun«, erklärte Bony entschieden. »Wir könnten nach Fingerabdrücken suchen, aber die des Mörders werden wir nicht finden. Ich weiß, daß er ungefähr dieselbe Schuhgröße hat wie Sie, daß er eine Schrittweite von zweiundfünfzig Zentimetern hat . . . dieselbe, die Sie haben. Ich weiß, daß er die Absätze seiner Schuhe an der Innenseite schneller abwetzt als an der Außenseite . . . genau wie Sie. Weiter weiß ich, daß er ungefähr so schwer ist wie Sie, und ich habe beobachtet, daß Sie Ihren Schreibtisch peinlich in Ordnung halten.«

»Hol Sie der Teufel! Am Ende werden Sie mich noch im Verdacht haben.«

»Ich werde diesen Mörder eines Tages stellen, und wenn ich ihn zehnmal um die ganze Erdkugel jagen muß. Danke, Sawtell. Sie beide gehen so lange auf den Flur, bis ich das Zimmer gefegt habe.«

Wie sie es in Dampiers Hotel getan hatten, sahen die beiden Männer Bony zu, als er den Boden kehrte und den Staub und allerlei Abfall vorsichtig auf einen Bogen Papier fegte.

»Mikroskopische Untersuchung ist nicht nötig«, erklärte er und hielt das Papier so, daß beide sehen konnten, was er gesammelt hatte. »Der Mann mit der Psoriasis war hier. Sie stellen fest, Walters, wie er ins Haus kam. Sawtell kann fotografieren.«

Walters und der Sergeant verschwanden, sie waren offenbar froh, endlich in Aktion treten zu können. Bony ging mit dem Besen in die Küche und fegte auch diese. Der Kehricht kam zu seiner Sammlung. Er fand keine großen Stücke abgefallener Haut darin, aber er sah winzige staubartige Gebilde, die ebensolche Teilchen sein konnten. Auf dem Fußboden sowohl hier wie auf dem Gang und in den Schlafzimmern fand er die Fußspuren, die er zuerst aus dem Hauptweg gesehen hatte. Der runde Gegenstand, der an der linken Sohle haftete, hatte auf dem Linoleum deutlicher seinen Eindruck hinterlassen als der Umriß der Sohle.

Für den unglücklichen Hund ließ sich nichts tun. Er war inzwischen bewußtlos, alle Knochen schienen gebrochen zu sein.

Bony eilte nach draußen, um den zur Hintertür führenden Pfad zu untersuchen. Auf diesem fand er die Fußspuren des Mannes, der im Haus gewesen war. Nur an einer Stelle sah er den Abdruck der bloßen Füße. Die Abdrücke von Kinderfüßen und Frauenschuhen fehlten hier. An einigen Stellen fanden sich die Spuren des Hundes.

Bony kam zu einem Lattentor in der Drahtumzäunung. Hinter dem Zaun war der übliche Heckenweg und darüber hinaus eine große Weide mit Büscheln indischen Kammgrases. Es war zwar jetzt schon dämmerig, aber Bony konnte doch noch feststellen, daß der Mann vom Haus durch das Tor und über den Heckenweg auf die Weide gelaufen war. Der barfüßige Mann hatte dasselbe getan. Es war klar, daß er dem anderen gefolgt war.

Bony kehrte zum Haus zurück, wo er Sawtell in der Küche traf. Dieser hatte inzwischen entdeckt, daß der Mörder das Fenster der Abstellkammer aufgebrochen hatte, um ins Haus zu gelangen, es durch die Küchentür wieder verlassen und den

Schlüssel mitgenommen hatte. Walters kam von vorn und spielte auf den Arzt an, in einer Art, die deutlich machte, daß er Bonys Autorität in diesem Fall anerkannte.

»Sie müssen ja auf jeden Fall zur Station, Sawtell, um die Utensilien zum Abnehmen der Fingerabdrücke zu holen«, sagte Bony. »Da können Sie den Arzt anrufen. Benützen Sie, wenn Sie gehen und zurückkommen, die Vordertür. Abie können wir erst morgen früh ansetzen. Es ist jetzt nicht mehr hell genug.«

Sawtell ging, und Inspektor Walters beugte sich über den Hund.

»Der Arzt wird ihn wohl einschläfern müssen«, meinte Bony. »Es muß irgendwann in der vergangenen Nacht geschehen sein ... etwa vor achtzehn oder zwanzig Stunden. Wahrscheinlich bellte der Hund, als der Mörder durch das Fenster einstieg. Der hob ihn hoch und schmetterte ihn auf den Boden.«

Sie setzten sich. Bony drehte sich eine Zigarette, und Walters zündete sich eine Pfeife an.

»Es ist heller Wahnsinn«, sagte der Inspektor. »Ich möchte nur wissen, wann das enden soll. Die Zeitungen in ganz Australien werden verlangen, daß etwas geschieht. Die gesamte Mordkommission aus Perth wird wiederum erscheinen.«

»Morgen früh, Walters, werden Sie Richard Blake alias Ronald Locke verhaften.«

»Ah!« machte Walters mit grimmiger Befriedigung.

»Ich weiß nämlich jetzt, daß Locke Mrs. Overton nicht ermordet hat«, fuhr Bony fort. »Ich habe aber kein Verlangen, daß die gesamte Mordkommission oder auch nur ein Teil von ihr hier aufkreuzt. Hinter diesen Morden steckt eine so vertrackte psychische Verfassung, daß die Arbeit einer Kommission die Untersuchung nur aufhalten würde. Wir drei – Sie und Sawtell mit Clifford als Unterstützung – bilden die richtige Mannschaft.

Unser unmittelbares Ziel muß sein, den Mörder in Sicherheit zu wiegen. Er muß annehmen, daß er wieder heil davongekommen ist. Wir werden Locke verhaften, weil er sich der Erfüllung der bei seiner Entlassung gestellten Bedingungen durch Flucht entzogen hat. Es ist nicht nötig, ihn hier vor Gericht zu stellen. Clifford oder ein anderer von den Polizisten wird ihn mit dem Flugzeug nach Perth bringen, und dort kann er mehrere Wochen zurückgehalten werden. Ich werde der Polizei meine Gründe hierfür angeben.

Den hiesigen Pressevertretern werden wir den Grund der Verhaftung Lockes nicht erzählen, aber wir werden sagen, daß er jener Ronald Locke ist, der ein Mädchen erwürgt hat. Die Leute in Broome und in ganz Australien werden sofort denselben Schluß ziehen wie Sie und Sawtell. Sie werden Locke des Mordes an drei Frauen für schuldig halten. Alle werden das tun außer dem Mörder selbst. Ergebnis: Die Einwohner Broomes werden von keiner Panik ergriffen, man wird uns nicht mit Vorwürfen überhäufen, und Locke erhält nur das, was er verdient. Ich werde dabei eine Zeitspanne gewinnen, in der ich diesen Fall zu Ende führen kann, und unser Mörder wird in solcher Selbstsicherheit gewiegt, daß er keinen Monat warten kann, sondern wieder zupacken wird, ehe die nächste mondlose Nacht kommt. Und wenn er wieder zupackt, werde ich ihn erwarten.«

Inspektor Walters betrachtete Bony mit gerunzelten Brauen.

»Wenn Sie ihn nicht erwischen, bin ich erledigt«, sagte er leise, doch mit Überzeugung.

»Und ich . . .« Bony sah Walters fest an. »Ich bin mehr als erledigt.«

14

Am nächsten Morgen setzte Bony seine Suche fort. Auf der Weide gegenüber der rückwärtigen Tür gelangte er zu einem breiten Streifen Treibsand, auf dem, wie er gehofft hatte, die Fußspuren des Mannes waren, der Schuhgröße 42 hatte, mit dem kreisförmigen Gegenstand auf der Mitte der linken Sohle, und auch die Fußabdrücke des anderen Mannes, der keine Schuhe getragen hatte.

Bony zog eine Flasche Wasser hervor, eine Tüte mit Gips, eine Konservendose und eine kleine Kelle. In sechs Minuten hatte er zwei Gipsabdrücke der Fußspuren beider Männer angefertigt. Er verbarg sein Handwerkszeug wieder und ging parallel zu dem Heckenweg, um zu der Querstraße zu kommen, in der Absicht, den Häuserblock zu umgehen und so Mrs. Overtons Haus von der Vorderseite aus zu erreichen.

Er war gerade durch den Zaun an der anderen Seite der Weide geklettert, als er auf Mr. Dickenson stieß.

»Heute morgen sind Sie aber früh auf den Beinen«, sagte der

alte Mann. Er blickte auf Bonys Angelgerät und riet ihm, hundert Meter weiter unten am Fluß von einem dort anliegenden alten Kutter aus zu fischen. Bony dankte ihm und fragte ihn, was er denn so früh hier draußen vorhabe.

»Ich komme mit vier Stunden Schlaf aus«, erklärte Mr. Dickenson, »wenn ich bei normaler Gesundheit bin und mein Herz mir nicht zusetzt. Nachdem ich beobachtet hatte, wie sich unser Freund gestern abend zu Bett begab, fühlte ich, daß ich einen arbeitsreichen Tag hinter mir und eine Erholung verdient hatte. Heute morgen hatte ich noch mehr Bedürfnis danach, aber ich erinnerte mich an unsere Vereinbarung. Flinn wird vor zehn Uhr nicht erscheinen.«

»Um wieviel Uhr haben Sie gestern abend die Bewachung eingestellt?«

»Um wieviel Uhr? Als das Hotel um elf schloß. Flinn saß zu dieser Zeit auf der vorderen Veranda. Er war betrunken.«

»Verzeihen Sie meine Hartnäckigkeit. Wie konnten Sie dann beobachten, wann Flinn zu Bett ging?«

»Ich schlich mich hinter das Haus und sah vom Hof aus, wie Flinn sich auszog.«

»Danke. Können Sie angeben, bis zu welchem Grade er betrunken war?«

»Ich habe zugesehen, wie er den ganzen Abend Whisky trank. Das war eine Leistung, die mich früher mehr beeindruckt hätte als heute. Flinn konnte sich gerade noch ausziehen.«

»Haben Sie schon von dem letzten Mord gehört?«

»Nein. Wer war das Opfer?«

»Mrs. Overton.«

»Was? Eine nette Frau. Erwürgt?«

Bony nickte, und Mr. Dickenson schüttelte traurig den Kopf. Es sah aus, als sprächen sie über einen Dummenjungenstreich. Ob man wegen dieses neuen Verbrechens schon eine Verhaftung vorgenommen habe, wollte Dickenson wissen. Bony sagte ihm, Clifford sei auf dem Weg zu Dampiers Hotel, um Richard Blake zur Vernehmung nach Broome zu bringen.

»Dieser junge Mann kann als schuldig in Betracht kommen«, gab Mr. Dickenson zu, indem er nachdenklich Bonys Angelgeräte betrachtete. »Steht es fest, wann Mrs. Overton erwürgt wurde?«

»In der vorletzten Nacht. Der Mörder hat auch ihren kleinen Hund beinahe getötet. Er mußte eingeschläfert werden.«

»Eine Schande! Es war ein liebes kleines Tier, aber wohl kein Wachhund. Ja, dieser Blake könnte es gewesen sein. Er war vorgestern abend spät in der Stadt, und jetzt fällt mir ein, daß er ebenfalls in Broome war, als Mrs. Eltham ermordet wurde. Haben Sie Mrs. Overton einmal gesehen, als sie noch lebte?«

»Nein.«

»Aber zweifellos als Leiche. Sie war doch eine körperlich kräftige Frau. Blake ist weder groß noch stark. Und doch . . .«

»Sie bezweifeln, daß es Blake war?«

»Ich müßte Beweise haben, ehe ich es glauben würde.«

»Sie meinen, es war nicht Blake, der nachts aus Mrs. Elthams Haus kam?«

»Ich glaube, nein.«

»Würde sich Ihre Meinung ändern, wenn ich Ihnen sage, daß Richard Blake Ronald Locke, der Mörder eines Mädchens, ist? Vielleicht können Sie sich an den Fall erinnern.«

»Doch, ich erinnere mich. Aber das ändert meine Meinung nicht. Geben wir jetzt unser Interesse an Flinn auf?«

»Nein. Wir beide interessieren uns weiter für ihn. Ich freue mich, daß Sie mir so gut helfen. Auch ich denke, daß Blake nicht der Mann ist, den wir suchen. Seine Verhaftung wird jedoch die Bevölkerung beruhigen. Es wäre mir sehr willkommen, wenn Sie die Meinung, der Sie eben Ausdruck gegeben haben, nicht öffentlich äußerten, sondern im Gegenteil die Nachricht verbreiteten, daß Blake wegen der Ermordung von Mrs. Overton verhaftet worden ist. Im Vertrauen gesagt, Locke wird nicht wegen Mordes angeklagt werden«, fiel Bony ein. »Aber ich möchte, daß jeder – der eigentliche Mörder eingeschlossen – das glaubt. Sie verstehen doch, warum?«

»Vollständig. Eine kleine Aufregung kann diesem Locke nicht schaden. Ich werde mich weiter für Flinn interessieren. Wenn Sie mich noch anderweitig brauchen können . . . ich stehe zu Ihrer Verfügung.«

»Sehr nett von Ihnen«, sagte Bony herzlich.

Sie trennten sich. Bony sah, daß Dickenson in den Heckenweg einbog, der an Mrs. Overtons Haus vorbeiführte. Zwei Minuten später betrat er das Haus von vorn und fand Sawtell in der Küche.

»Was haben Sie denn da? Angelschnüre?« fragte der Sergeant.

»Ich fische nach Menschen. Vor einer Stunde hat der Inspektor Clifford ausgeschickt, um Locke zu holen. Möchten Sie nicht rasch nach Hause gehen und frühstücken?«

»Danke. Ich werde nicht lange ausbleiben.«

»Sie brauchen sich nicht zu beeilen. Bringen Sie Abie mit und machen Sie alles so, wie Sie es gewohnt sind. Nehmen Sie einen Abdruck von den Spuren, die er Ihnen zeigt. Wir könnten sie später einmal brauchen.«

Als der Inspektor fort war, wanderte Bony durchs Haus. Der Arzt hatte festgestellt, daß Mrs. Overton von einem Mann, der hinter ihr stand, erwürgt worden war. Nach den Verletzungen zu urteilen, war es derselbe Mann, der Mrs. Eltham umgebracht hatte. Der Leichnam war von dem Bestatter und seinem Gehilfen ins Leichenhaus gebracht worden. Morgen würde die amtliche Totenschau stattfinden, die sich wie bei den zwei anderen Frauen auf die Feststellung der Todesursache beschränken würde.

Um neun Uhr vormittags startete das Flugzeug nach Perth. Walters würde jetzt seinen Bericht verfassen, dem ein persönlicher Brief Bonys an den Chef der Kriminalabteilung beigegeben war. Ein anderes Flugzeug sollte um sechs Uhr abends abgehen, mit dem Clifford seinen Gefangenen nach Perth bringen würde. Dadurch verlor man zwar einen Mann, aber der alte Dickenson konnte die Lücke füllen.

In der Zeit, die er allein im Hause verbrachte, sah Bony die Papiere der Toten durch. Er las die Briefe, die noch im Briefkasten gewesen waren. Keine Schublade war verschlossen, ein Safe war nicht vorhanden, so daß er zu allem Zugang hatte. Er erfuhr, daß Mrs. Overton sich für die Missionsarbeit interessiert und daß sie Geld für die Verbreitung von Missionsschriften gespendete hatte. In Melbourne lebte ein Mann, der sie heiraten wollte. Die Mutter ihres verstorbenen Gatten schien mit dieser Verbindung einverstanden zu sein. Mrs. Overtons finanzielle Angelegenheiten wurden von einer Rechtsanwaltsfirma in Perth geregelt. Nichts von Bedeutung, aber doch verschiedene interessante Dinge. In zwei Briefen verschiedener Absender war Mrs. Sayers erwähnt, die von Mrs. Overton offenbar sehr bewundert worden war. In einem anderen Brief wurde auf ihr Interesse am Cave Hill College und an der methodistischen Sonntagsschule hingewiesen.

Die Vergangenheit der Toten war einwandfrei. Bony sah sich aufmerksam ein Foto von ihr an ... Eine stattliche Erscheinung.

Ihrem Ruf nach hatte sie in Broome ein einwandfreies Dasein geführt, und in ihren Papieren oder in ihrer Wohnung fand sich nichts, was auf das Gegenteil hindeuten konnte. Was gab es also an ihr auszusetzen? Welche Feindschaft hatte sie sich zugezogen? Das war das Rästel. So war es auch bei Mrs. Cotton gewesen. Außer in ihrem Geschäft hatte sie sich nie besonders für Männer interessiert. Mrs. Eltham jedoch gehörte dem Frauentyp an, der einen Mörder schon reizen konnte. Wo war der gemeinsame Nenner, der diese Frauen im Kopf des Mörders zusammenbrachte?

Er hörte Sawtells Stimme, raffte die Papiere und Briefe zusammen, warf sie in eine Schublade und stand auf der zementierten Fläche zwischen der Rückseite des Hauses und dem offenen Holzschuppen, als Sawtell mit Abie erschien.

»Mann dort von Straße gekommen«, sagte Abie und zeigte auf den Pfad. »Er war auch hier gewesen«, und damit zeigte er auf den Zementboden.

»Führen Sie ihn ins Haus«, sagte Bony. Sawtell zeigte auf die Küchentür: »Abie, den Fußboden absuchen.«

Als Abie im Haus war, sagte der Sergeant leise: »Er wird nicht viel finden. Wir sind zu oft durchs Haus gegangen.«

»Das weiß man nie. Diese Leute können Außerordentliches leisten. Gehen Sie hinein und drehen Sie das Licht an, er könnte sonst das Sofa für ein Ungetüm halten.«

Sawtell brummte etwas in sich hinein und ging ins Haus. Bony sah von seinem Platz aus die Wächeleine und fragte sich, ob auch Mrs. Overton wie den anderen beiden Frauen ein Nachthemd gestohlen worden war. Er hoffte darauf, denn dann konnte man sicher sein, daß der Mörder noch ein viertes Hemd an sich nehmen würde, ehe er seinen vierten Mord versuchte.

Sawtell kam mit Abie aus dem Hause, und Abie sagte, indem er auf den Pfad zeigte: »Mann da in Haus gewesen. Sie in Haus, Mr. Knapp in Haus. Inspektor Walters in Haus, Doktor in Haus . . .«

»Der alte Bill und Gehilfe Ally auch in Haus«, unterbrach ihn Sawtell. »Schon recht, Abie. Jetzt sollst du finden, welchen Weg der Mann von hier gegangen ist.«

An jeder Bewegung war zu erkennen, wie wichtig Abie sich vorkam. Er lief in schwerfälligem Trab den zur rückwärtigen Tür führenden Pfad entlang. Sawtell und Bony blieben dicht hinter ihm. Am Tor drehte sich der Eingeborene zu ihnen und lachte. Vielleicht reizte ihn die Wichtigkeit, die er seiner Meinung nach in den Augen der Weißen hatte, zum Lachen.

»Weißer Mann an das Tor gekommen, um das Haus gegangen und hier zum Tor. Weißer Mann dann . . .«

Plötzlich fehlten ihm die Worte, und er wies auf die Weide. »Dort weiter. Abie sehen, welchen Weg . . .«

»Ja, schön«, sagte Sawtell, »Aber was ist mit dem anderen, der keine Schuhe trug?«

Man sah deutlich, daß Abie in Verlegenheit geriet. Er lachte wieder und lief den Pfad bis zu den Büschen zurück. Er äugte und suchte, aber Bony ließ sich nicht täuschen. Bony tat, als interessiere er sich noch immer für Mrs. Overtons Wäscheleine, als Abie sagte: »Ich nicht kennen Mann.«

»Du hast diese Spuren noch nie gesehen?« fragte Sawtell.

»Ich nicht kennen.« Abie war enttäuscht über sein Versagen. »Er vielleicht Chinamann. Vielleicht er Schwarzer aus Lager in Chinastadt.«

»Schon recht, Abie«, sagte Sawtell aufmunternd. »Du bist doch ein guter Spurensucher.«

Mit einer Köderbüchse und den Angelschnüren machte sich Bony auf den Weg zur Polizeistation. Am Ende des Heckenweges blickte er zurück und sah, daß der Sergeant verschwunden war, wahrscheinlich, um das Haus abzuschließen. Abie drehte sich eine Zigarette. Er hatte den Filzhut etwas schräg auf dem Kopf, so wie Sawtell seine Kopfbedeckung zu tragen pflegte.

Eine halbe Stunde später kam Sawtell zur Polizeistation. In einer der Zellen auf dem Hofe des Polizeigebäudes war Ronald Locke untergebracht.

»Lassen Sie mich bitte Ihre Abdrücke sehen«, sagte Bony. »Ich möchte sie mir ansehen. Ich muß sie mir einprägen.«

Walters rief den Sergeanten an seinen Tisch. Bony trug die Abdrücke nach draußen zu der feuchten aufgelockerten Erde eines Rosenbusches. Er preßte sie auf den Boden und trat dann zurück, um sie sich anzusehen. Den Abdruck des bloßen Fußes würde er natürlich nicht vergessen und ihn jederzeit wiedererkennen. Den anderen, den Schuhabdruck, betrachtete er mit zusammengezogenen Brauen. Es war zufällig der Abdruck des linken Fußes, aber es zeigte sich kein kreisförmiger Eindruck eines Gegenstandes, der an der Sohle gehaftet hatte . . . Es war ein Abdruck des linken Schuhes von Mr. Dickenson.

15

Bony legte die Abdrücke auf Sawtells Tisch. »Wo ist Abie?«

»Weiß ich nicht. Vielleicht auf dem Hof. Brauchen Sie ihn?«

»Nein.« Bony blieb stehen. »Sind Sie sicher, daß diese Abdrücke von den Spuren stammen, die Abie Ihnen zeigte?«

»Das kann ich beschwören. Ich ließ Abie mit dem Finger einen Kreis um die Spur beschreiben, von der ich einen Abdruck machte.«

Bony wandte sich ab und spazierte in die Küche.

»Sie müssen ja schrecklichen Hunger haben«, sagte Mrs. Walters. Sie machte ihm schnell sein Frühstück zurecht, er stellte sich währenddessen in die offene Tür und sah auf den Hof hinaus. Abie war nicht zu sehen. Clifford schloß gerade die Tür einer Zelle ab. Unter dem Arm hatte er ein Paar Schuhe. Mit einer Kopfbewegung bedeutete Bony ihm, zu ihm zu kommen.

»Sind das Lockes Schuhe?« fragte er. Clifford bestätigte es. Sawtell wollte einen Abdruck von ihnen mit den anderen vergleichen, die er gemacht hatte. »Zeigen Sie mal her.«

Bony prüfte die Schuhe. Sie waren Größe 41. Diese Schuhe hatten nichts mit Sawtells Abdrücken zu tun, auch hatten sie nicht die Spuren verursacht, von denen Bony Abdrücke gemacht hatte. Jene hatten die Schuhgröße 42.

»Danke, Clifford. Sagen Sie dem Inspektor, ich möchte mich gern mit Ihnen unterhalten, wenn er Sie nicht gerade braucht.«

Clifford ging ins Büro, und Bony setzte sich, um zu frühstükken.

»Was wissen Sie von Mrs. Overton, ihren Freunden und ihren Verwandten?« fragte er Mrs. Walters.

»Nicht viel, Bony. Ihren Mann hat hier niemand gekannt. Er starb, bevor sie nach Hause kam. Sie machte eine Reise rund um Australien und faßte den Entschluß, sich für immer hier niederzulassen. Ich glaube, in der letzten Zeit hat ein Mann in ihrem Leben eine Rolle gespielt.«

»Ja, er wohnt in Melbourne. Er heißt Bryant. Haben Sie ihn nie gesehen?«

Mrs. Walters schüttelte den Kopf.

»Mrs. Overton war sehr beliebt in Broome«, sagte sie »Sie war mit Mrs. Sayers befreundet. Sie arbeitete viel für die Methodistengemeinde und ihre Sonntagsschule und warb auch für sie unter den Schülern des College. Die Jungen mochten sie sehr gern.«

»Gab sie viele Einladungen?«

»Nicht sehr viel. Sie nahm nie alkoholische Getränke zu sich, aber sie tadelte nie öffentlich andere, die ihnen zugetan waren. Ihre Gäste bekamen zwar nie Alkohol vorgesetzt, sie ging aber trotzdem zu Einladungen, wo getrunken wurde.«

»Sie lud wohl nur Leute aus der sogenannten guten Gesellschaft ein?«

»Ja, selbstverständlich.«

»Gehörte Arthur Flinn dazu?«

»Ja«, sagte Mrs. Walters mit gerunzelter Stirn. »Ich war einmal an einem Nachmittag bei ihr, als er erschien. Ich glaube nicht, daß er sehr willkommen war, aber das war nur mein Eindruck. Ich denke mir, daß er auf Mrs. Overton geradeso wirkte wie auf mich. Es gibt Männer, Bony, die immer das Verlangen zu haben scheinen, eine Frau zu tätscheln.«

»Erzählen Sie weiter.«

»Frauen sind sonderbar«, sagte sie. »Von einigen Männern können sie keine Berührung ausstehen, bei anderen scheinen sie nichts dagegen zu haben. Sergeant Sawtell war an einem Nachmittag einmal hier in der Küche, als das Radio gerade etwas Flottes spielte. Da tanzte er einfach mit mir. Wenn das Arthur Flinn getan hätte, hätte ich geschrien.«

»Danke. Können Sie mir sagen, ob Mrs. Overton eine Zugehfrau hatte?«

»Das weiß ich nicht genau. Ich glaube aber, nein.«

»Ließ sie ihre Wäsche zu Hause waschen?«

»Das weiß ich auch nicht. Darüber kann Ihnen Mrs. Sayers Auskunft geben.«

»Nun, ist die Verhaftung ohne Schwierigkeit vor sich gegangen?« erkundigte sich Bony, als Clifford zurückkam.

»Ja, ich sagte ihm, er müsse mitkommen, und er solle lieber keine Einwände erheben. Der schwarze Mark wollte wissen, warum ich ihn holte, als ich ihn schon im Auto hatte. In Dampiers Hotel wußte man noch nicht, daß Mrs. Overton ermordet war.«

»Wie benahm sich Locke?«

»Er war ganz ruhig und sagte, diese Geschichte würde ihn für einige Zeit stillegen.«

»Was sollte das heißen?«

»Ich weiß nicht, die Worte konnte sich auf seinen Verstoß gegen die Freilassungsbedingungen oder auch auf diesen Mord beziehen.«

»Bis jetzt hat ihn noch niemand vernommen?«

»Nein.«

»Wo ist Abie?«

»Der wird wohl im Stall sein.«

»Danke, Clifford, Wenn Sie wieder ins Büro gehen, sagen Sie Sawtell, ich möchte gern zugegen sein, wenn er den Gefangenen verhört.«

Bony ging auf den Hof. Die Ställe zu seiner Rechten waren zu einer Zeit gebaut worden, als man noch an keinen Lastwagenverkehr dachte. Auf der anderen Seite waren die neuen Zellen.

Ohne Hast schlenderte Bony zu den Ställen. Er ging daran entlang – und in der letzten Box lag Abie auf alten Decken auf einer Strohunterlage und schlief. Seinen Militärmantel und seine Stiefel hatte er ausgezogen.

Hinter dieser Box führte eine Tür ins Freie. Bony ging ruhig an dem schlafenden Eingeborenen vorbei. Er sah draußen einen Wasserhahn und eine Blechschüssel, die auf einer Holzkiste stand. Um die Kiste herum hatte das Wasser den Boden aufgeweicht, und auf dem Boden waren die Abdrücke von Abies bloßen Füßen zu sehen. Es waren dieselben Spuren, wie er sie auf dem Weg um Mrs. Overtons Haus entdeckt hatte. Eine so sonderbare und verwickelte Sache war Bony noch bei keiner Untersuchung begegnet.

Bony ging weiter und setzte sich in den Schatten des Baumes, unter dem er Abie zum erstenmal gesehen hatte. Damals hatte er ein mit Benzin getränktes Tuch um den Kopf gewickelt. Worauf wollte dieser sicher fähige Spurenleser hinaus? Er war dem Mann, der Schuhgröße 42 hatte und an dessen linker Sohle sich ein kreisförmiger Gegenstand befand, gefolgt, dem Mann, – der – darüber gab es keinen Zweifel mehr – bei Mrs. Overton eingedrungen war und sie ermordet hatte. Obschon Abie den ganzen Tag mit Stolz Stiefel trug, schien er doch bei Nacht vorzuziehen, barfuß zu gehen.

Das Motiv, das Abie in die dunkle Nacht hinausgetrieben hatte, mußte bei einem Menschen, der sich zu nächtlicher Zeit instinktiv nach dem Schutz seines Lagers sehnt, sehr stark gewesen sein. Die Angst vor bösen Geistern hatte Abie mit der Muttermilch eingesogen.

Noch außerordentlicher war Abies Täuschungsversuch, als er den Kreis um Mr. Dickensons Fußabdruck gezogen hatte, anstatt um den des Mannes, der Mrs. Overton ermordet hatte, denn Dickenson war ja erst bei hellem Tageslicht nach seinem Abschied von Bony den Heckenweg entlanggegangen. Es würde sich lohnen, Abie zu beobachten.

Auf dem Hof erschienen jetzt Sawtell und Clifford.

»Ich möchte gern ein paar Worte mit Locke sprechen«, sagte der Sergeant.

»Gut. Ich gehe mit«, sagte Bony.

An der Zellentür konnten sie den Gefangenen auf der Holzpritsche sitzen sehen. Clifford schloß die Tür auf. Bony und Sawtell gingen hinein, während Clifford draußen stehenblieb. Sawtell gab dem Mann seine Schuhe. Locke dankte ihm beiläufig, ohne eine tiefere Erregung zu zeigen.

»Sie werden wohl wissen, warum Sie hier sind«, sagte Sawtell.

»Freilich«, erwiderte Locke und zog die Schuhe an.

»Was haben Sie vorgestern abend hier in der Stadt gemacht?« fragte Bony.

Locke stand auf. Er war ordentlich und sauber angezogen. Er sah gut aus, und man konnte sich denken, daß das Grübchen im Kinn und der sinnliche Mund Frauen, die nur nach der äußerlichen Erscheinung urteilen, nicht gleichgültig lassen würde. Kühl fragte er Bony: »Was haben Sie mit mir zu tun?«

»Antworten Sie«, sagte Sawtell kurz und bündig.

»Nun, ich war in der Stadt, um mich zu amüsieren. Was ist dabei?«

»Was haben Sie in der Stadt in jener Nacht getan, als Mrs. Eltham ermordet wurde?« war Bonys nächste Frage.

In den hellgrauen Augen flammte plötzlich Angst auf.

»Damals war ich nicht in der Stadt.«

»Doch«, behauptete Bony fest. »Was haben Sie damals getan?«

»Sie wollen mir doch wohl nicht diese Morde in die Schuhe schieben?«

»Was für ein Gedanke!« rief Bony aus.

Und Locke schrie ihn wütend an: »Was soll dann diese Frage? Ich habe die Frauen nicht ermordet. Ich habe weiter nichts verbrochen, als daß ich aus Neusüdwales abgehauen bin, weil ich mich nicht alle acht Tage bei der Polizei melden wollte.«

»Wo waren Sie an jenem Abend, an dem Mrs. Cotton ermordet wurde?«

»In der Bar. Ich war den ganzen Abend in der Bar und habe mit der ausgelassenen Gesellschaft gezecht. Der Sergeant weiß das. Er hat meine Angaben genau nachgeprüft wie die aller anderen.«

In seiner Haltung und seiner Stimme spiegelte sich seine Enttäuschung wider, und Bony fühlte sich gar nicht behaglich bei seiner Fragerei. Abie war über den Hof gekommen und blieb nicht weit von Clifford entfernt stehen.

»In der vorletzten Nacht waren Sie in der Stadt«, sagte Bony laut. »In dieser Nacht wurde Mrs. Overton erwürgt.«

In den hellgrauen Augen stand Erschrecken. Niemand im Nordwesten, nein, kein Mensch in Australien würde glauben, daß er, der einmal ein Mädchen in Sydney erwürgt hatte, nicht diese drei Frauen in Nordwestaustralien umgebracht hatte.

»Ich habe es nicht getan«, sagte er fast flüsternd. Dann schrie er in sonderbarem Gegensatz zu diesem Wispern auf einmal: »Ich habe es nicht getan! Ich habe es nicht getan!«

»Hören Sie auf mit dem Gebrüll!« befahl ihm Sawtell. »Wir werden Sie anständig behandeln und Sie heute abend mit dem Flugzeug nach Perth bringen.«

Clifford öffnete die Tür, und Bony verließ die Zelle. Abie hatte die Augen weit aufgerissen. Bony versuchte in ihnen zu lesen, aber es gelang ihm nicht. Auch der Sergeant kam jetzt heraus, und als er Abie dort stehen sah, fragte er ihn scharf, was zum Teufel er hier zu suchen hätte.

Es erschien ein Mann in weißen Drillichhosen und weißem Sporthemd.

»Was Neues, Sergeant?« fragte er Satwell.

»Nein, nur daß der Gefangene heute abend mit dem Flugzeug nach Perth gebracht wird.«

»Ah! Wer wird ihn hinbringen?«

»Clifford, denke ich.«

»Danke. Meine Zeitung wird diese Auskunft zu würdigen wissen.«

»Wovon reden Sie denn?« fragte Sawtell.

»Na, hören Sie mal!« Der Mann, den Bony nicht kannte, verlegte sich nun aufs Bitten. »Geben Sie uns doch einen Tip, Sergeant.«

Sawtell sah den Reporter mit feierlichem Ernst an und sagte mit betonter Langsamkeit: »Offiziell weiß ich gar nichts. Wir schicken Locke nach Perth in Haft, weil er gegen die Bedingungen seiner Freilassung verstoßen hat.«

Der Reporter war zufrieden.

»Ah! ... Jawohl, ich verstehe«, sagte er und glaubte selbst daran. Zwanzig Minuten später wurde die Nachricht nach Perth gefunkt, daß ein Mann im Zusammenhang mit den Morden in Broome verhaftet worden sei. Dreißig Minuten später saß Bony mit Mr. Dickenson auf der Bank vor dem Port Cuvier Hotel.

»Ist Flinn drin?« fragte er.

»Er ist vor einer Stunde einpassiert«, erwiderte der Alte.

»Wie halten Sie es aus?«

»Gut. Ich habe wenigstens etwas zu tun.«

»Ich möchte Ihnen einen wichtigen Auftrag geben«, sagte Bony. »Locke ist eingeliefert, er wird heute abend nach Perth gebracht. Der Zeitungskorrespondent glaubt, daß Locke der Mörder ist. Ich habe Ihre Mitarbeit jetzt drigender nötig als je, Mr. Dickenson. Ich kann nicht überall zu gleicher Zeit sein.«

»Was ich tun kann, will ich ja gern ...«

Der Alte blickte über die Straße zu den vielen Gästen auf der Hotelveranda, und sein Gesichtsausdruck verriet den Preis, den er für seine Mithilfe zahlte.

»Vorläufig werden wir Flinn ganz fallenlassen«, fuhr Bony fort. »Da Clifford Locke nach Perth bringen muß, werden die uns zur Verfügung stehenden Kräfte noch geringer. Ich möchte, daß Sie heute abend eine neue Aufgabe in Angriff nehmen, die Sie die ganze Nacht über beschäftigt.«

»Ich sehe sehr gut im Dunkeln«, sagte er. »Nach Einbruch der Dunkelheit habe ich viel vom Leben in Broome gesehen.«

16

Vor Bony lag eine Liste mit fünf Namen, welche die Aufschrift trug: »Die Witwen von Broome«. Der Name von Mrs. Overton war durchgestrichen. Dieser Strich schien die übrigen vier Namen – Sayers, Clayton, Watson, Abercrombie – noch mehr hervorzuheben. Da Clifford nach Perth flog und Pedersen noch im Busch war, würden die Polizeikräfte Broomes in der kommenden Nacht ganze zwei Mann betragen.

Bony war äußerst unbehaglich zumute. Die Umrisse des Mörders waren noch so lückenhaft, noch so unbestimmt, daß man sich nur schwer ein Bild von ihm machen konnte. Die Feststellung der Psoriasis nützte nicht viel, denn selbst wenn Dr. Mitchell beauftragt worden wäre, jeden Mann und jede Frau in Broome zu untersuchen, würde er nur die Anzahl der Personen feststellen können, die an dieser Krankheit litten, ohne die eine unter ihnen angeben zu können, die aus einem dämonischen Antrieb Frauen erwürgte. Man mußte zuerst den Mörder finden, dann konnte die in den Häusern zweier seiner Opfer gefundene abgestorbene Haut ein zusätzlicher Beweis seiner Schuld sein. Die vier Frauen mußten von nun an jede Nacht bewacht werden, aber wenn der Mörder diese Vorsichtsmaßnahmen entdeckte, würde er keine Lust verspüren, in ihr Haus einzudringen.

Für vier Frauen waren vier Wächter erforderlich: Walters und der Sergeant, er selbst und der alte Dickenson. Doch jetzt mußte er Briefe nach Perth schreiben. Er richtete gerade eine Bitte an den Chef des Kriminalamts, als er jemanden an die rückwärtige Tür klopfen hörte.

Dann vernahm er, wie Mrs. Walters durch die Küche ging und hörte ganz deutlich ihre Stimme: »Mr. Percival! Wollen Sie hereinkommen?«

Dann Percivals Stimme: »Danke, Mrs. Walters, nur ein paar Augenblicke. Mr. Rose hat mich beauftragt, der Beschwerde nachzugehen, die Ihr Mann wegen der schlechten Ausdrucksweise Ihres Sohnes erhoben hat, und ich hielt es für das einfachste, bei Ihnen vorzusprechen. Wissen Sie, Mrs. Walters«, sagte er in seiner klaren Aussprache, »Jungen bleiben Jungen, nicht nur hier, sondern in der ganzen Welt. Ich habe mein ganzes Leben mit ihnen zugebracht und kenne sie durch und durch. Wenn sie so in Schulen beisammen sind, machen sie natürlich tausend Dummheiten und befriedigen vor allem ihren Nachahmungstrieb. Sie haben zweifellos bemerkt, daß Keith manchmal eine Sache mit Begeisterung aufnimmt und sie dann mit der gleichen Begeisterung wieder fallenläßt, um sich einer anderen zuzuwenden.«

»Ja, wirklich, so ist Keith.«

Mr. Percival räusperte sich. »Was ich klarmachen wollte, ist dies: Diese rauhen Ausdrücke sind wahrscheinlich auf einen Jungen zurückzuführen, der damit auffallen will, und die anderen ahmen ihn nach. Das Lehrerkollegium hat die Anweisung erhalten, sorgfältig auf ein gepflegte Ausdrucksweise zu achten.«

»Das freut mich, Mr. Percival. Mein Mann . . .«

»Er wird sicher Verständnis dafür haben«, fuhr Percival fort. »Ich finde, daß die meisten unserer Probleme gar nicht so ernst sind, wenn man sie mit ruhiger Objektivität betrachtet. Ich muß leider schon wieder gehen. Mr. Rose nimmt am Begräbnis der armen Mrs. Overton teil. Wie schrecklich ist das doch! Sie war eine so reizende Frau, wir werden sie sehr vermissen. Sie hat immer gern an unseren gesellschaftlichen Veranstaltungen teilgenommen. Die Jungen hielten große Stücke auf sie. Die ganze Schule ist durch ihren Tod verdüstert. Stimmt es, daß der Mörder verhaftet wurde?«

Mrs. Walters zögerte mit der Antwort.

»Soweit ich weiß, ist jemand verhaftet worden. Mein Mann erzählt mir wenig von seinen Amtsgeschäften. Er sagt, man könne mir nicht recht trauen.«

»Das ist natürlich nur ein Scherz. Ich bin sehr froh – wir alle müssen es sein –, daß der Urheber der schrecklichen Verbrechen endlich festgenommen ist.«

Bony sah auf seine Armbanduhr und ließ eine ganze Minute verstreichen, bevor er sich zur Küche begab, nachdem sich Mr. Percival verabschiedet hatte. Er sagte nichts zu Mrs. Walters. Sie war erstaunt, als er auf die Knie sank und innen vor der Tür schräg auf das Linoleum blickte. Percival hatte Schuhgröße 42.

»Wo stand oder saß er, als er mit Ihnen sprach?« fragte Bony.

»Er stand genau hier«, erwiderte Mrs. Walters und zeigte auf einen Punkt zwischen der Tür und dem Küchentisch.

»Einen Besen, bitte.«

Sie brachte ihn. Er fegte den Boden sauber und schob den Staub, der sich seit dem letzten Aufwischen angesammelt hatte, in einen Umschlag, den er mit dem Buchstaben ›P‹ bezeichnete. Mrs. Walters blickte ihn erstaunt an.

»Jeder ist verdächtig«, sagte er. »Percival hat dieselbe Schuhgröße wie der Mörder Mrs. Overtons, aber seine Schuhe sind auf der Innenseite des Absatzes nicht abgetragen.«

»Das könnte nicht gut möglich sein, sie waren fast neu«, sagte Mrs. Walters. »Er könnte doch nicht . . .«

»Er könnte. Auch Mr. Rose könnte es sein oder einer der anderen Lehrer. Jeder Mann mit Schuhgröße 42 könnte derjenige sein, den ich suche.«

Clifford, der in diesem Augenblick eintrat, schien es, daß Inspektor Bonaparte nichts anderes tat, als Tee zu trinken.

»Etwas erfahren?« fragte ihn Bony.

»Ja. Mrs. Overton hatte keine Zugehfrau. Sie machte die Hausarbeit allein. Ah Kee, der für sie gewaschen hat, sagte, er habe ihre Wäsche jede Woche abgeholt. Als ich ihn fragte, ob er auch ihre Unterwäsche gewaschen habe, sagte er nein.«

»Gut. Noch etwas?«

»Ich fragte bei Mrs. Overtons Nachbarn herum, ob sie jemanden bei Dunkelheit herumschleichen sahen, und alle verneinten das. Auch war keinem von ihnen etwas abhanden gekommen, obschon ich andeutete, daß uns kleine Diebstähle gemeldet waren.«

»Gute Arbeit«, lobt Bony ihn. »Es wäre uns lieb, wenn Sie so schnell wie möglich aus Perth zurückkämen. Es fehlt uns an Leuten. Sie müssen einen Brief an den Chef der Kriminalabteilung mitnehmen, der dann dafür sorgen wird, daß Sie gleich wieder heimfliegen können. Ich möchte, daß Sie hier sind, wenn etwas Neues passiert.«

Bony ging wieder in sein ›Büro‹. Er war noch dort, als er die Stimme des Inspektors hörte. Er wartete fünf Minuten, bevor er zu ihm ging.

»Die ganze Stadt war auf den Beinen«, sagte er. »Viele gaben mir ihre Befriedigung zu erkennen, daß ich den Mörder gefaßt hätte. Sie werden mich lynchen, wenn ein neuer Mord geschieht.«

»Der darf nicht geschehen. Wollen Sie Mrs. Watsons Haus die ganze Nacht bewachen?«

»Nicht nötig. Sie und ihre Kinder fliegen heute abend nach Perth und bleiben einen Monat dort.«

Bony atmete erleichtert auf.

»Ich werde über Mrs. Sayers wachen, und der alte Dickenson wird Mrs. Claytons Haus im Auge behalten. Dann bleibt noch Mrs. Abercrombie übrig, aber sie hat eine Gesellschafterin bei sich. Für sie ist die Gefahr wohl am geringsten.«

»Das würden Sie beim Anblick der Gesellschafterin als sicher annehmen. Sawtell und ich werden uns abwechseln. Aber was ist mit Ihnen? Sie haben in der vergangenen Nacht genausowenig geschlafen wie wir.«

»Ich werde es schon nachholen. Wann erwarten Sie den Aushilfsbeamten aus Darwin?«

»Morgen früh, und Clifford sollte morgen abend zurück sein.«

Bony berichtete, was Clifford erfahren hatte, und ließ den Inspektor an seinem Schreibtisch allein. Er begab sich wieder zu Mrs. Walters, die ihm mitteilte, daß Punkt sechs gegessen würde. Er bat sie, ihn um diese Zeit zu wecken, und legte sich für zwei Stunden hin. Er schlief sofort ein und erwachte erfrischt. Um sieben traf er Mr. Dickenson, der sich einen guten Warteplatz ausgesucht hatte. Er saß auf einer Bank unter den tiefer werdenden Schatten der Bäume vor dem Postamt. Ohne weitere Einleitung sagte Bony: »Heute abend müssen Sie bei Mrs. Claytons Haus Wache halten und dort bis zur Morgendämmerung bleiben. Sie schlagen nur dann Alarm, wenn ein Mann in das Haus einzudringen versucht oder eindringt. Können Sie mit einer Pistole umgehen?«

»Ich bin mit unsichtbaren Waffen vertraut«, sagte der Alte. »Diesen Spazierstock habe ich mitgenommen für den Fall . . .« Er schob einen Haken zurück und zog den Griff des Stockes ein paar Zentimeter hoch. Man sah die Klinge eines Degens.

»Ausgezeichnet«, murmelte Bony. »Unter den Umständen jedoch, die ich Ihnen angegeben habe, müßte Alarm geschlagen werden. Nehmen Sie diese Pistole und geben Sie mehrere Schüsse schnell nacheinander ab, wenn es nötig sein sollte. Der Inspektor oder Sawtell werden Mrs. Abercrombies Haus bewachen. Sie werden also schnell Hilfe haben.«

»Wäre es nicht besser, wenn ich gleich auf den Einbrecher feuerte?«

»Das ist gesetzlich nicht erlaubt. Sie sehen einen Mann, der in pechschwarzer Nacht in ein Haus einbricht . . . Und was können Sie beweisen? Daß er ein Mörder ist?«

Bony zählte schnell die vielen Schwierigkeiten auf. Er zog den alten Mann ins Vertrauen.

»Was wissen Sie über Abie?« drängte ihn Bony. »Sie sagten mir, Sie hätten ihn nachts barfuß herumgehen sehen.«

»Ja, das stimmt. Aber bevor ich von ihm spreche, möchte ich Ihnen sagen, wie sehr ich es zu schätzen weiß, daß Sie sich in meiner gegenwärtigen Lage soviel mit mir abgeben. Und nun zu Abie. Viele Jahre lang habe ich an Schlaflosigkeit gelitten und nachts viele Stunden auf diesen Bänken verbracht. Da habe ich viel beobachtet und über die Schwächen der Männer und über die Tücken der Frauen nachgedacht. Verschiedene Male habe ich Abie nachts barfuß und ohne Mantel, den er sonst mit so großem Stolz trägt, herumstrolchen sehen. Ich habe ihn beobachtet, wie er sich in Gärten schlich und wieder herauskam, und vor allem interessierte mich die Tatsache, daß dort nichts gestohlen worden war, denn sonst hätte ich davon gehört.«

»Sonderbar. Was halten Sie von der Annahme, daß Abie vielleicht einem anderen nachgeschlichen ist?«

»Dann habe ich den Mann, dem er nachschlich, nie gesehen.«

»Schön. Aber reden wir jetzt von einer anderen Person – von Mrs. Sayers. Nach dem, was Sie mir neulich erzählt haben, wissen Sie ja etwas von ihrer Vergangenheit. Sie ist nachts allein in ihrem Hause?«

Dickenson gurgelte ein Lachen heraus.

»Ich habe sie schon gekannt, als sie noch auf Briggs Schoß saß und Brei aß. Sie hat das Herz auf dem rechten Fleck, und ich glaube, ein Mann, der sie erwürgen wollte, käme bei ihr schlecht an. Aber selbst den Mutigsten kann man mit einem Fuß zu Fall bringen. Wenn der alte Briggs im Hause schliefe, brauchten Sie um sie keine Sorge zu haben.«

»Er schläft in einem Zimmer neben der Garage, wie ich gehört habe.«

»Ja. Beide halten fest an ihren Gewohnheiten. Briggs geht jeden Abend um Punkt neun ins Port Cuvier Hotel. Dort trinkt er zwei Glas Bier und nimmt sich eine Flasche Gin mit. Punkt zehn ist er wieder zu Haues. Wenn Mrs. Sayers keinen Besuch hat, macht er die Sturmläden zu und schließt die Haustür ab, überzeugt sich, daß die Fenster alle verriegelt sind und verläßt das Haus durch die Hintertür, die er ebenfalls abschließt. Den

Schlüssel nimmt er mit auf sein Zimmer. Er geht erst ins Bett, wenn in seiner Flasche bis auf einen geringen Rest Ebbe eingetreten ist.«

»Na, Sie müssen ihn ja sehr genau beobachtet haben«, bemerkte Bony.

»Mit irgend etwas muß man sich doch beschäftigen. Schauen Sie sich Broome bei Tag an. Alle hocken schön brav daheim. Setzen Sie sich aber mal abends auf eine Bank, und Sie werden erstaunt sein, wie viele Leute auf den Beinen sind. Ich könnte ein Buch über Broome schreiben. Es könnten sogar zwei werden. O ja, ich habe die Leute hier genau studiert. Seit vielen Jahren habe ich ihnen in die Karten geschaut, diesen braven Einwohnern von Broome.«

»Kommt Flinn schon lange zu Mrs. Sayers?«

»Nein, er verkehrt seit etwa einem Jahr bei ihr, und das sehr selten. Wie ich Ihnen schon sagte, er ist ein Lebemann. Er war einer von Mrs. Elthams Mitternachtsfreunden.«

»Das ist mir neu.«

»O ja. Auch der Lehrer vom College.«

»So? Welcher?«

»Percival.«

»Interessant.«

»Da wäre noch etwas zu erwähnen.«

»Ja bitte?«

»Etwa einen Monat vor Mrs. Cottons Ermordung hatten Percival und Mrs. Sayers einen heftigen Streit. Warum, weiß ich nicht. Er besuchte sie, als Briggs in der Wirtschaft war, und kaum war er fünf Minuten bei ihr, als ich hörte, wie sie ihn anschrie, er solle sich zum Teufel scheren und sich nicht mehr blicken lassen. Das waren ihre Worte.«

»Sie kennen also Mrs. Sayers von Jugend auf. Meinen Sie, daß sie fähig wäre, mit uns zusammenzuarbeiten?«

»Grips hat sie, das muß ich sagen«, erwiderte der Alte.

»Ist sie verschwiegen?«

»Sie meinen, ob sie ein Geheimnis bewahren kann? Ich glaube, ja. Was ihr an Schlauheit abgeht, ersetzt sie durch Mut.«

»Und Briggs?«

»Er würde nicht zögern, jemandem den Hals abzuschneiden, wenn sie es befähle.«

Als Bony sich erhob, sah er, wie die hagere Gestalt des Alten bereits im Schatten eines großen Baumes verschwand.

17

Mrs. Sayers aß regelmäßig um sechs Uhr zu Abend, damit ihre Köchin um sieben gehen konnte. Auf den Glockenschlag trat diese bei ihr ein, um sich zu verabschieden, und das Haus wurde, bildlich gesprochen, von Luke Briggs übernommen. Ein Viertel vor neun meldete er sich bei Mrs. Sayers, um zu fragen, ob sie noch etwas brauche, bevor er seinen Abendspaziergang antrat.

Wenn Briggs gemächlich dahinschritt und nicht seine Uniform trug, in der er halb wie ein Chauffeur und halb wie ein Schiffskapitän aussah, konnte man glauben, er sei einem Roman von Charles Dickens entsprungen. Unter einer leuchtenden Glatze hatte sein Gesicht die Farbe von Teakholz und zeigte eine wunderbare Runzelmaserung. Es war nicht leicht, sein Alter zu erraten, es mochte zwischen sechzig und hundert liegen. Zu seinem Abendbummel trug er Segeltuchschuhe mit Gummisohlen, eine graue Tweedhose und eine Jacke, die ihm viel zu lang war.

Als Briggs an diesem Abend ins Wohnzimmer kam, saß Mrs. Sayers vor ihrem Schreibtisch und schrieb Briefe. Er blieb in der Tür stehen.

»Noch einen Wunsch, Mavis?« fragte er.

»Nein, augenblicklich nicht, Briggs«, erwiderte Mrs. Sayers, ohne sich umzuwenden.

Briggs schritt über den teppichbelegten Flur zur Hintertür und verließ das Haus. Er ging um das Haus herum, öffnete geräuschlos einen Torflügel und verschwand in Richtung des Port Cuvier Hotels. Fünf Minuten später hörte Mrs. Sayers die Hausglocke läuten. Sie drehte das Außenlicht an, bevor sie die Tür öffnete.

»Mr. Knapp!« rief sie aus. »Kommen Sie herein.«

»Ich möchte mich vielmals entschuldigen und habe hundert Ausreden zur Hand, Mrs. Sayers.«

»Die brauchen Sie nicht. Ich freue mich, Sie zu sehen«, sagte Mrs. Sayers. Sie schloß die Vordertür, führte den Besuch ins Wohnzimmer, sprach vom Wetter und sagte, Bonys Besuch erlöse sie von einem einsamen Abend. Sie ließ ihn in einem Sessel Platz nehmen, aus dem man nur mit Hilfe eines Kranes wieder herauskommen konnte. Sie selbst setzte sich auf das Sofa.

»Warum haben Sie Esther nicht mitgebracht?«

»Sie hat schrecklich viel zu tun«, erklärte Bony.

»Wissen Sie, ich bin so erleichtert, daß man diesen furchtbaren Menschen verhaftet hat. Die arme Mabel Overton! Es ist so traurig. Sie war eine so reizende, eine so ruhige Frau. Ich kann mir nicht vorstellen, warum dieser Verbrecher sie ermordet hat.« Hinter den braunen Augen versteckte sich eine Frage.

»Haben Sie Mrs. Overton gut gekannt?«

»O ja. Wir waren seit Jahren befreundet. Sie war eine anständige Frau, aber nicht langweilig. Sie unterschied sich von mir in mancher Hinsicht, sie trank nicht, rauchte nicht und ließ sich nie zu derben Ausdrücken hinreißen. Sie hatte alles, was ich nicht habe.«

»Ich kann es nur schwer glauben, daß Ihnen etwas fehlt, Mrs. Sayers«, sagte Bony lächelnd, und wieder sah er das Fragezeichen in ihren Augen. Diese Frau war klug, sie hatte Erfolg gehabt, weil sie erkannte, wo ihre eigenen Grenzen lagen.

»Ich bin überzeugt«, sagte er, »daß Sie ein Geheimnis bewahren können.«

»Wenn man in einem Ort wie Broome aufgewachsen ist und einen Perlenhändler zum Vater hatte und einen Mann, der von einer Sphinx abstammen könnte, wird die Bewahrung von Geheimnissen zur zweiten Natur.«

Wieder das Lächeln, das aber die braunen Augen unberührt ließ. »Heraus damit«, sagte sie. »Wenn es ein Geheimnis ist, das niemandem Schaden zufügt, will ich es streng bewahren.«

»Danke.«

Bony nannte seinen richtigen Namen, seinen Beruf und den Zweck seiner Anwesenheit in Broome. Er erklärte ihr, daß die Verhaftung Lockes in erster Linie den Zweck verfolgte, den Mann zu täuschen, der drei Frauen ermordet und sich wahrscheinlich noch ein viertes Opfer suchen würde. Er bat Mrs. Sayers, ihm ihre Mithilfe nicht zu versagen. Er sprach leise, und sie hörte ihm zu, ohne ihn zu unterbrechen.

»Natürlich werde ich Ihnen helfen, Inspektor«, sagte sie dann ruhig. »Sagen Sie mir nur, was ich tun soll, und ich werde es tun. Stellen Sie so viele Fragen, wie Sie wollen, ich werde sie nach besten Kräften beantworten.«

»Ich hatte keinen Zweifel, daß Sie einwilligen würden, mir zu helfen. Folgendes nun wollte ich von Ihnen erbitten: Erstens, daß Sie mich weiterhin Knapp nennen. Zweitens, daß Sie weiter so leben, wie Sie es bis jetzt gewohnt waren, und drittens, daß Sie einige Vorsichtsmaßregeln befolgen, die ich Ihnen sage.«

»Ja, gut, Mr. Knapp.«

»Jetzt zu den Fragen, die ich stellen möchte. Hat Mrs. Overton sich einmal bei Ihnen über die unerwünschte Aufmerksamkeit eines Mannes beklagt?«

»Beklagt nicht. Sie erzählte mir, daß Mr. Flinn ihr ein Angebot gemacht habe. Was das für ein Angebot war, sagte sie nicht, fügte aber hinzu, daß sie ihn verabscheue.«

»So.«

»Sie wollte einen Mann aus Melbourne heiraten. Ich schrieb gerade an ihn, als Sie kamen.«

»Wie ist Ihr Urteil über Flinn?«

»Ich halte ihn für einen schäbigen, unappetitlichen Kerl.«

»Wie ich gehört habe, hat er Sie neulich aufgesucht. War das ein Höflichkeitsbesuch?«

»Das ist zuviel gesagt«, erwiderte Mrs. Sayers. »Er wollte mir eine kleine Sammlung Perlen verkaufen und entdeckte, daß ich mehr davon verstand als er.«

»Ihre Mitteilungen sind mir wirklich wertvoll. Wollen Sie mir vielleicht noch sagen, warum Sie Flinn für einen schäbigen, unappetitlichen Kerl halten?«

Die braunen Augen bewölkten sich.

»Er erinnert mich irgendwie an eine Spinne, und Spinnen sind mir zuwider. Ich habe immer das Gefühl, daß er mich fressen will.«

»Lassen Sie uns auf Mrs. Overton zurückkommen. Hatte sie Freunde?«

»Hier keinen. Wie ich Ihnen schon sagte, wollte sie heiraten.«

»Hat sie Ihnen erzählt, daß ihr ein Kleidungsstück von ihrer Wäscheleine gestohlen wurde?«

»Ja, das hat sie mir erzählt.«

»War es ein Nachthemd?«

»Ja, ein seidenes.«

»Wissen Sie, wann das war?«

»Sie sagte mir, es sei ihr am Dienstagabend abhanden gekommen.

Bony erzählte ihr, daß auch den ersten zwei Opfern vorher ein Nachthemd gestohlen worden war und daß ihre Unterwäsche zerrissen im Kleiderschrank gefunden wurde.

»Diese drei Morde beweisen, daß sich in Broome ein Mann befindet, der einen schrecklichen Haß auf Frauen hat«, fuhr Bony fort. »Jedes Verbrechen war mit peinlicher Sorgfalt bis ins einzelne vorbereitet, so daß er keine dummen Fehler machte, die ein normaler Mann wohl begangen hätte. Er hat es jedoch nicht vermeiden können, Gewohnheiten zu enthüllen, die sich in ihm schon lange vor Beginn seiner Mordserie festgesetzt hatten. So zeigte schon sein zweites Verbrechen ein gewisses Schema an, das mit seiner dritten Untat ganz deutlich geworden ist. Es ist Ihnen natürlich auch aufgefallen, daß seine drei Opfer Witwen waren?«

Mrs. Sayers nickte.

»Und zwar Witwen, die teure Spitzenunterwäsche kaufen konnten. Von jeder stahl er ein Nachthemd. Er zerschnitt und zerriß ihre Wäsche in Stücke. Das ist das Schema, in dem sein Motiv verborgen liegt.«

»Aber warum ermordete er drei gänzlich verschiedenartige Frauen?« fragte Mrs. Sayers, und Bony erkannte aus dieser Frage ihre Intelligenz.

»Ja, das ist eine schwer zu beantwortende Frage. Das erste Opfer war eine Hotelbesitzerin, das zweite eine Frau von zweifelhaftem Ruf, die dritte war wegen ihrer Hilfsbereitschaft bekannt. Ich kann keinen gemeinsamen Nenner finden.«

»Nun, die erste verkaufte alkoholische Getränke.«

»Richtig. Der Mörder könnte ein fanatischer Antialkoholiker sein.«

»Die zweite verkaufte sich selbst«, fuhr Mrs. Sayers fort.

»Der Mörder könnte einen unmoralischen Lebenswandel verabscheuen. Aus welchem Grunde aber konnte er die dritte hassen? Wie ich höre, hat Mrs. Overton sich aktiv am kirchlichen Gemeindeleben beteiligt und hatte großes Interesse an der Kinderfürsorge. Man kann nicht Gutes und Schlechtes zugleich hassen. Angenommen, er hat den Plan, Sie zu ermorden. Warum Sie? Verzeihen Sie mir, wenn ich das sage, aber Sie sind weder gut noch schlecht. Kennen Sie einen Mann in Broome, der Ihnen Unbehagen oder sogar Furcht verursacht?«

»Ich habe viele Männer von der Art Flinns gekannt. Aber sie fürchten? Ich kann mich selbst verteidigen. Das hat mich Briggs gelehrt, als ich noch ein kleines Mädchen war. Ich wurde einmal abends am Strand von einem Malaien angefallen. Er war monatelang im Krankenhaus.

»Briggs brachte Ihnen Judo bei, nicht wahr?«

»Ja. Woher wissen Sie das?«

»Jedermann in Broome hat natürlich von diesem Angriff des Malaien erfahren, nehme ich an.«

Mrs. Sayers schüttelte den Kopf.

»Außer Briggs und meinem Vater erfuhr es keiner... ja doch, der alte Dickenson. Aha, von ihm wissen Sie es, nicht wahr?«

»Nein. Er erwähnte jedoch, daß Briggs Sie in der Kunst der Selbstverteidigung unterrichtet hat. Ich möchte nur Klarheit darüber haben, wie viele Leute in Broome das wissen.«

»Sehr wenige, wenn überhaupt jemand.«

»Wie wäre es, wenn Sie wieder ein bißchen trainierten?«

»Sie meinen, der Mörder könnte auf mich losgehen?«

»Das wäre sogar sicher, wenn er eines Ihrer Nachthemden stehlen würde. Sie schlafen hier allein im Haus. Besteht irgendeine Verbindung mit Briggs?«

»Ja, aber ich weiß nicht, ob sie noch funktioniert. Ich kann von meinem Bett aus nach Briggs läuten. Ich habe die Leitung vor mehreren Jahren legen lassen, als ich krank war.«

»Wissen Ihre Bekannten davon?«

»Nein. Warum sollte ich ihnen das sagen? Das war etwas ganz Unwichtiges.« Mrs. Sayers lachte. »Stellen Sie sich übrigens mal das Gerede in Broome vor, wenn man wüßte, daß ich nur auf einen Knopf zu drücken brauche, um einen Mann in mein Schlafzimmer zu holen!«

Bony brachte es durch eine elegante Bewegung fertig, sich aus dem Sessel zu befreien, drückte seine Zigarette aus und sah ernst und lange auf Mrs. Sayers nieder. Sie war älter, als Mrs. Overton gewesen war. Ihre Arme waren fest und wohlgeformt. Reichtum und Wohlleben hatten sie nicht plump gemacht. Als junges Mädchen mußte sie auffallend hübsch gewesen sein.

»Mrs. Watson ist mit ihren Kindern heute nach Perth geflogen. Wissen Sie das?«

»Ja. Sie hatte sich schon in der vorigen Woche dazu entschlossen.«

»Ich bin froh, daß sie fort ist. Dadurch bin ich für eine weniger verantwortlich. Die anderen zwei sind Mrs. Clayton und Mrs. Abercrombie. Sie sind die dritte.«

»Aber ich habe Ihnen doch gesagt, daß Sie sich um mich keine Sorgen zu machen brauchen.«

»Mrs. Abercrombie hat nachts eine ältere Gesellschafterin im Haus. Mrs. Clayton hat ihre Tochter bei sich. Die Tochter ist zwar noch ein Schulmädchen, aber sie ist mit ihr doch sicherer als Sie. Ich will Ihnen keine Angst einjagen, muß aber doch sagen, daß ich mir die meisten Sorgen um Sie mache. Sie würden mir einen großen Teil meiner Unruhe abnehmen, wenn Sie darin einwilligten, alle Vorsichtsmaßnahmen gegen einen schnellen, versteckten und tödlichen Überfall zu treffen.

Mrs. Sayers stand auf. Es zeigte sich, daß sie etwas größer war als Bony.

»Ich tue alles, was Sie sagen.«

Bony dankte ihr mit einem Lächeln.

»Unser Verteidigungsplan bringt keine Unbequemlichkeiten mit sich«, sagte er. »Ihr Briggs muß mit uns zusammenarbeiten. Sie dürfen beide Ihre gewohnte tägliche Lebensweise nicht ändern oder irgendwie zu erkennen geben, daß Sie auf der Hut sind. Selbst Ihre Köchin darf nichts merken. Ist das Briggs, der heimkommt?«

»Er wird's wohl sein. Sie mögen doch sicher eine Tasse Kaffee oder sonst was?«

»Danke. Ich schlage vor, daß Sie Briggs hereinkommen lassen.«

»Er kommt auf jeden Fall wie gewöhnlich. Er bereitet herrlichen Kaffee. Ich trinke meinen Kaffee gern mit Brandy. Briggs empfahl es mir, als ich meinen ersten Weisheitszahn bekam. Briggs hat mir Vater, Mutter und Bruder ersetzt«, hörte sie sich sagen und dachte, wie wunderbar es war, daß ihr das bis jetzt nicht zum Bewußtsein gekommen war.

Briggs stand in der Tür. »Noch einen Wunsch, bevor ich abschließe?«

»Kommen Sie herein, Briggs.«

Bony schlug vor, daß alle Platz nehmen sollten. Briggs setzte sich auf die Kante eines Stuhls, seine Jacke stand durch die in seiner rückwärtigen Tasche steckende Flasche weit ab. Als Bony ihm dasselbe sagte, was er bereits Mrs. Sayers auseinandergesetzt hatte, veränderte sich sein Gesichtsausdruck nicht im geringsten.

»Ich habe Mrs. Sayers schon in den letzten zwei Monaten zur Vorsicht geraten. Da sich die Sache so verhält, werde ich nachts meine Runden um das Haus machen.

»Sie werden nicht mehr und nicht weniger tun, als was Mr.

Knapp wünscht«, unterbrach ihn Mrs. Sayers. »Mit anderen Worten, Sie werden das tun, was man Ihnen sagt.«

»Ich bin ganz Ohr.« Über das Mrs. Sayers nicht zugewandte rechte Auge fiel ganz kurz das Lid. Dieses Zwinkern war die Unterzeichnung eines Bündnisses gegen die eigenwillige und unberechenbare Mrs. Sayers, geborene Mavis Masters.

Als Bony sich an der Haustür verabschiedete, war die Klingel zu Briggs Zimmer geprüft und in Ordnung befunden und das ganze Haus von Briggs durchsucht worden für den Fall, daß sich jemand eingeschlichen haben sollte, während Briggs fort war und Bony sich mit Mrs. Sayers unterhielt. Briggs war in sein Zimmer gegangen, hatte die Küchentür abgeschlossen und den Schlüssel wie gewöhnlich mitgenommen. Er hatte zugesagt, nicht um das Haus zu schleichen, nicht die übliche Menge Gin zu trinken und die Klingel neben das Kopfkissen zu legen. Mrs. Sayers versprach Bony, ihre Zimmertür abzuschließen, wenn sie zu Bett ging.

Er hörte, wie sie die Haustür abschloß, und anstatt sich zur Polizeistation zu begeben, saß Bony die ganze Nacht unter einer der Palmen.

18

Bony rasierte sich gerade, als er hörte, wie Mrs. Walters ihn rief. Als er aus seinem Zimmer eilte, beklagte sie sich, daß Abie nicht zum Frühstück erschienen war.

»Ich werde nachschauen, wo er ist«, beruhigte er sie. Es war neun Uhr, und die Sonne schien bereits heiß. Der Himmel war eintönig farblos, und die Stechfliegen setzten Bony arg zu, als er den Hof betrat.

Abie befand sich nicht auf seinem Lager. Die Decken lagen durcheinandergeworfen in einem Haufen, auch sein Rucksack war da, aber der Militärmantel, die Stiefel und der breitrandige Filzhut fehlten. Bony erinnerte sich, daß er Abie seit dem gestrigen Morgen nicht mehr gesehen hatte. Er kehrte in die Küche zurück, wo Mrs. Walters ihrem Mann gerade Schinken mit Eiern und Brot hinstellte.

»Wann haben Sie Abie zuletzt gesehen?« fragte er den Inspektor.

»Abie? Das weiß ich nicht. Warum?«

»Abie kam nicht zum Frühstück, als ich ihn rief«, erwiderte Mrs. Walters. »Gestern abend zum Essen war er da.«

»Er wird wohl mit dem Pferd aus sein«, sagte Walters ohne großes Interesse.

»Sieht einem Schwarzen wenig ähnlich, daß er zum Essen wegbleibt«, sagte seine Frau, und Bony setzte hinzu: »Er ist nicht im Stall und auch nicht auf dem Hof. Ich möchte wissen, wo er steckt. Übrigens interessieren mich diese Reißnägel da, mit denen der Kalender an die Wand geheftet ist. Woher haben Sie die?«

»Was wir fürs Büro brauchen, bekommen wir von Perth. Was ist daran interessant?«

»Das werde ich nach dem Frühstück erzählen. Hat sich in der vergangenen Nacht irgend etwas von Bedeutung ereignet?«

»Nichts. Die Frauen gingen um elf zu Bett und ließen die Haustür auf. Sind die redselig! Bevor sie zu Bett gingen, hatten sie schon ein paar Stunden geplappert, und als sie im Bett lagen, redeten sie noch weiter. Was haben Sie getan?«

»Ich habe die ganze Nacht unter einer Palme gesessen und mit den Sternen Zwiesprache gehalten. Vorher erfuhr ich von Mrs. Sayers, daß auch Mrs. Overton ein Nachthemd gestohlen wurde.«

»Was?«

»Wenigstens ein Lichtblick in diesen trüben Zeiten«, sagte Bony. »Unser Mann hält sich genau an sein Schema. Wenn ich ihn nur in dem Bild, das ich mir in Gedanken male, sehen könnte! Dann würde ich mein Glück versuchen und eine Durchsuchungserlaubnis erwirken. Wenn man diese drei Kleidungsstücke in seinem Besitz fände, könnten wir ihn verhaften.«

»Würden Sie in einem solchen Fall zu einer Festnahme raten?«

»Nein. Wir könnten ihn wegen Diebstahls festnehmen, aber nicht wegen Mordes. Heute muß man beinahe eine Filmaufnahme des Mordes vorweisen können, wenn man hoffen will, den Mörder vor Gericht überführen zu können. Unser nächster Schritt muß sein, darauf zu achten, wo draußen Wäsche hängen bleibt, und diese drei Witwen weiter im Auge behalten. – Eine Filmaufnahme! Gar keine schlechte Idee.«

»Haben Sie heute morgen schon die Verbindung mit Ihrem Gehilfen aufgenommen?« fragte Walters. Bony war sich nicht ganz klar, ob die Stimme spöttisch gefärbt war.

»Ja. Bei ihm war alles ruhig. Ich habe ihn zum Schlafen heimgeschickt. Er ist mir eine große Hilfe. Haben Sie Abie schon häufiger nachts auf Dienst geschickt?«

Der Inspektor sah ihn erstaunt an.

»Sie haben ihn nicht fortgeschickt, um verdächtige Personen zu beobachten?«

»Du lieber Gott!« stöhnte Walters. »Wozu sind denn Sawtell und Clifford da?« Er schob seinen Stuhl zurück.

Der Sergeant kam, als er gerade die Vordertür aufschloß. Bony betrat das Dienstzimmer vom Hausgang aus. Er brachte seine Gipsabdrücke mit.

»Wissen Sie, wo Abie heute morgen ist?« fragte Walters den Sergeanten.

»Nein. Nicht hier?«

»Er ist stillschweigend verduftet. Es dürfte an der Zeit sein, daß Sie ihm mal ein wenig den Kopf waschen.« Der Inspektor griff nach dem Telefon und rief den Flughafen an. Er erhielt die Auskunft, das Flugzeug aus Derby käme – vielleicht! – um elf und das aus Perth um eins. Dann fragte er Bony, was für Pläne er habe.

»Ich schlage vor, daß Clifford und der Polizist, der aus Darwin kommt, heute nachmittag dienstfrei haben und sich heute abend um sieben in Zivilkleidung melden. Ich habe Ihnen noch nicht gesagt, daß Mrs. Overton ein Nachthemd abhanden gekommen ist. Das paßt ganz in das Schema und macht die Beobachtung von Wäscheleinen zu einer Pflicht von höchster Bedeutung. Wird aus Darwin heute auch Post kommen?«

»Sollte eigentlich. Es ist an der Zeit, daß wir von dort den Bericht über Flinn erhalten.

»Der könnte nützlich sein, ja. Sehen Sie sich übrigens einmal diesen Schuhabdruck an, Sergeant. Was halten Sie von dem kreisrunden Fleck?«

»Sieht aus, als hätte er mit der Sohle ein Stück Kaugummi aufgelesen.«

»Oder einen Reißnagel«, ergänzte Bony und legte den Kopf eines Messingreißnagels über die Erhebung auf dem Abdruck. Der Kopf paßte genau. »Dieser Reißnagel ist einer der vier, mit denen der Kalender an die Küchenwand geheftet ist.«

»Was für ein Abdruck ist denn das?« fragte Sawtell erstaunt.

»Er wurde von der Fußspur des Mörders genommen.«

Sawtells Augen wurden immer kleiner.

»Das geht mir nicht ein«, gab er zu und holte aus einem Schubfach seines Schreibtisches den linken der Schuhabdrücke, die er nach Abies Anweisung abgenommen hatte. Er verglich ihn mit dem von Bony gemachten. Sie hatten dieselbe Größe, aber verschiedene Form. Der Absatz auf Bonys Abdruck war an der Innenkante abgetragen. Der Schuh, von dem Sawtell seinen Abdruck gemacht hatte, war hinten am Absatz abgetreten, und in der Sohle war ein Loch.

»Es leuchtet mir noch immer nicht ein«, sagte Sawtell.

»Es ist ganz einfach, Sergeant. Ich machte einen Abdruck vom linken Fuß des Mörders. Ihr Abdruck stammt vom linken Fuß Mr. Dickensons. Sie sagen, daß Abie die Spuren, die der Mann auf dem Pfad und innerhalb des Hauses hinterließ, kennzeichnete?«

»Ja, das tat er«, versicherte ihm Sawtell. »Ich gab besonders Obacht darauf. Hier an dieser Seite des Abdrucks sehen Sie noch die Linie, die er darum zog.«

»Aber Sawtell, ich ziehe gar nicht in Zweifel, was Sie sagen«, beruhigte Bony ihn. »Und ich bin überzeugt, daß auch Sie meine Fähigkeit, Spuren zu lesen, nicht in Zweifel ziehen. Abie zeigte Ihnen absichtlich die falschen, weil der alte Dickenson nicht im Garten und auch nicht innerhalb des Hauses war. Jetzt lassen Sie uns die Abdrücke der nackten Füße vergleichen.«

Die zwei Abdrücke glichen einander genau.

»Als Sie Abie sagten, er solle Ihnen die Spuren der nackten Füße zeigen, konnte er Sie nicht beschwindeln, weil es nur diese eine Art gab. Wenn Sie diese Abdrücke auf die Spur legen, die sich auf der feuchten Erde um Abies Waschbecken befinden, werden Sie sehen, daß sie genau passen.«

»Zwei und zwei gibt vier«, warf Walters ein. »Sie sagen, Abie sei nachts herumgestrolcht. Folgte er in dieser Nacht dem Mörder oder folgte der Mörder ihm?«

»Er folgte dem Mörder«, erwiderte Bony. »Wenn er damals wußte, daß der Mann, dem er nachschlich, Mrs. Overton ermordet hatte, kann er uns sagen, wer der Mörder ist.«

»Natürlich, höchst einfach«, polterte Sawtell los. »Ich werde ihn sofort zur Rede stellen und herbringen.«

»Wenn Sie ihn zur Rede stellen, wird er Ihnen nichts sagen.«

»Was? Das wäre ja noch schöner. Ich werde ihn schon zum Reden bringen, darauf können Sie sich verlassen.«

»Haben Sie schon einmal einen Eingeborenen zum Reden gebracht, wenn er nicht reden will? Nein, Sawtell, das werden Sie nicht fertigbringen. Ich habe den Fehler gemacht, ihn nicht im Auge zu behalten, aber wir waren die letzte Nacht alle zu beschäftigt. Machen Sie ihn ausfindig, ja, aber lassen Sie ihn nicht merken, daß wir von seinem Täuschungsversuch wissen.«

»Warum nicht?« fragte Walters. »Was beabsichtigt er denn damit?«

»Wenn er weiß, wer Mrs. Overton ermordet hat, ist er auf Erpressung aus. Wenn er erpressen will, muß er mit dem Mörder in Verbindung treten. Er könnte uns deshalb zu dem Mörder führen, vorausgesetzt, daß wir geschickt genug sind, ihm unbemerkt nachzugehen. Diese Aufgabe werde ich übernehmen. Ich fürchte jedoch sehr für Abie.«

»Sie haben recht, Bony. Abie würde es ergehen wie einer Maus, die eine Katze überlisten will.« Walters kaute an seiner Oberlippe. »Was sollen wir jetzt tun?«

»Sie beide machen Ihre übliche Arbeit wie immer. Ich werde Abie suchen.«

Bony ging in die Geschäfte und kaufte Reißnägel. Er erfuhr dabei, daß die amtlichen Stellen, die Behörden, die Staatsschule und das College ihre Reißnägel nicht in den Läden kauften. Der Reißnagel an der Sohle des Mörders brachte ihn nicht weiter, aber als ein Stück unter vielen hatte er für die Feststellung des Täters seinen Wert.

Jener Mann in Broome, der schlau genug war, Gummihandschuhe zu tragen und Türklinken so abzuwischen, daß selbst das Gummi an ihnen keine Spuren hinterließ, würde auch die Geschicklichkeit der einheimischen Spurenleser kennen und sicher ein abgelegtes Paar Schuhe anziehen, wenn er auf Mord ausging. Es war sehr unwahrscheinlich, daß er dieselben Schuhe auch bei anderen Gelegenheiten trug. Wie Bony wußte, gingen nicht zwei Menschen genau gleich, und die Spuren des Mörders, wie er sie in Mrs. Overtons Haus und auf den Gartenwegen gesehen hatte, wiesen besondere Eigentümlichkeiten auf, die der Boden, auf den er trat, auch dann verraten würde, wenn er andere Schuhe trug.

Aber wie der Reißnagel konnten auch Fußspuren nicht als schlüssiger Beweis gelten, sondern nur zur Unterstützung anderer Tatsachen herangezogen werden, die darauf hinwiesen, daß dies die Spuren des Mörders waren. Bony hatte Inspektor Walters nicht gesagt, daß bei der Spur des Mörders der Druck auf die Zehen und auf die Absätze gleich verteilt war, während der Inspektor fester mit den Absätzen auftrat.

Bony wurde von Keith, der im schnellsten Tempo auf seinem Rad von der Schule heim zum Essen fuhr, begrüßt. Bony winkte ihm, und Keith kam mit Schwung an seine Seite.

»Hast du heute Abie gesehen?«

»Nein, Mr. Knapp. Hat er etwas ausgefressen?«

»Er hat sich ohne Erlaubnis von Dienst entfent. Kennst du die Lagerplätze von Eingeborenen in der Nähe der Stadt?«

Keith sagte, das nächte Lager sei am Cuvierfluß, einen Kilometer von Dampiers Hotel entfernt.

»Bist du schon einmal in diesem Lager gewesen?«

»Erst vor ein paar Monaten gaben die Schwarzen dort ein Lagerfest. Mordsklamauk. Speer- und Bumerangwerfen und so weiter.«

»Muß sehr interessant gewesen sein. Wie bist du denn dort hingekommen?«

»Ha, das war so'n Fez. Zuerst wollte die ganze Schule hinfahren, aber so viele Busse gab es nicht. Wir losten also. Ich hatte Schwein. Auch die Lehrer mußten losen.«

»Weißt du noch, wer von ihnen mitgefahren ist?«

»Mr. Percival, der alte Stinker und der dicke Wilson. Der Alte fuhr mit Mrs. Sayers und Briggs. Sie hatten den ganzen Wagen voll Freßsachen. Wir haben tüchtig 'reingehauen.« Dann wurden Keiths Augen ernst und traurig. »Mrs. Overton saß auch noch im Wagen.«

»Habt ihr Mrs. Overton gemocht?«

»Ja, alle. Sie hat uns immer die Stange gehalten. Einer der Lehrer hat geheult, als er erfuhr, daß man sie umgebracht hat, aber keiner hat über ihn gelacht. Wir hätten beinahe alle mitgeheult.«

»Ja, das glaube ich. Jetzt mußt du aber zum Essen heimfahren. Ich werde auch bald kommen.«

Auf der Polizeistation lernte Bony den neuen Beamten kennen, einen körperlich und geistig gewandten Menschen. Sawtell nahm ihn mit zum Essen. Seine Frau wollte Platz für ihn schaffen. Er würde sich um sieben bei Bony melden.

Als die Kinder fort waren, fragte Bony, ob von Darwin Auskunft über Flinn gekommen sei. Walters sagte, Darwin könne nichts Ungünstiges über Flinn berichten. Er sei mehrere Jahre Einkäufer für eine große Juwelierfirma in New York gewesen.

»Mit Flinn kommen wir nicht weiter«, folgerte der Inspektor.

Nach dem Essen entlieh sich Bony von Mrs. Walters einen Wecker und gestattete sich eine Stunde Schlaf. Inzwischen telefonierte Walters mit Dampiers Hotel, um nachzufragen, ob man dort Abie gesehen habe. Im Hotel hatte ihn niemand gesehen, und die dort arbeitenden Lubras hatten ihn auch im Lager nicht entdeckt. Keith erhielt den Auftrag, nach Abie Ausschau zu halten, wenn er zur Schule radelte.

Um drei Uhr trank Bony mit Mrs. Walters Tee, und um halb vier machte er sich auf den Weg zum Chinesenviertel.

19

Jenseits der Stadt nach Nordosten zu lag die offene Fläche des Flughafens mit ihren Gebäuden, und gegen den Ozean zu lagen die weißgestrichenen Missionshäuser und das College, das den höchsten Punkt Broomes einnahm.

Wie der Ozean schien Broome friedlich zu schlafen. Auf der Straße, die sich im Schutz der Sanddüne hinzog, waren nur zwei Männer und drei Kinder. Auf der Veranda des Seahorse Hotels sah man einige Gäste. Zwei Autos parkten draußen. Im Hof des Hotels hingen Wäschestücke auf der Leine. Das erinnerte ihn an die kommende Nacht und an die Verantwortung, die sie mit sich bringen würde.

Bony glitt den Abhang der Düne hinunter, schüttelte den Sand aus den Schuhen und ging mit schnellen Schritten dahin, um nicht spät zum Essen zu kommen. Als er die Polizeistation erreichte, kam ihm Keith entgegen.

»Ich kann Abie nirgends finden«, sagte der Junge, »obwohl ich überall nach ihm gesucht habe.«

»Er könnte in den Busch gegangen sein«, mutmaßte Bony. »Weißt du, manchmal packt die Schwarzen das Heimweh. Ich wäre jedoch nicht überrascht, wenn er sich rechtzeitig zum Essen einstellte.«

»Möglich. Wenn gegessen wird, sind sie gewöhnlich in der Nähe. Ich habe auch Schwester King gefragt, ob sie Abie gesehen hätte. Sie sagte, vielleicht wäre er zu einem ruhigen Lager gegangen, um ungestört seine Benzinkur zu machen.«

»Wer ist Schwester King?«

»Schwester King von der Mission. Die Schwarzen betteln da um Kleider und andere Sachen.«

»Und wann war Abie dort?«

»Kurz vor dem Dunkelwerden. Er wollte ein Paar Socken haben. Die kann er doch nicht für sich verlangt haben, denn ich weiß, daß Abie nie Socken trägt. Wissen Sie, was ich glaube?«

»Ja?«

»Ich glaube«, fuhr der Junge fort, und seine Stimme klang sehr sicher, »ich glaube, daß Abie die Socken haben wollte, um Benzin dafür einzutauschen, und dann wird er keinen schlechten Kater haben. Er war schon einmal eine ganze Woche weg.«

Nach dem Essen zogen sich Bony und Inspektor Walters ins Büro zurück, wo Bony seine Post öffnete, darunter auch einige amtliche Schreiben aus Perth und Brisbane.

Er sah Walters nachdenklich an.

»Zwei Stücke der zerrissenen Wäsche trugen jedoch die Spuren von Zähnen.«

»Der Kerl muß ein Tier sein«, bemerkte Walters. »Paßt gut zu Dickensons Aussage, daß er gehört hat, wie der Mann mit den Zähnen knirschte. Nützt uns das etwas?«

»An und für sich nicht. Ich brauche noch ein oder vielleicht zwei Stücke, um mein Zusammensetzspiel zu vollenden. Ich brauche Zeit, Walters, um diese unbedingt nötigen Stücke zu finden. Wenn ich mein Bild fertig habe, können wir uns die drei gestohlenen Nachthemden holen.«

»Sie meinen, er hat sie aufbewahrt?«

»Davon bin ich überzeugt. Ich glaube, er hat sie zu dem Zweck gestohlen, um einen Beweis in Händen zu haben, daß er einen Teufel überwunden hat, der ihn zu vernichten drohte.«

»Das geht über meinen Horizont«, stellte Walters fest. »Er muß aus Mordlust töten.«

»Nein, er hat seine Gründe, diese Frauen zu beseitigen«, beharrte Bony. »Ich weiß, warum er Mrs. Cotton und Mrs. Eltham ermordete. Ich bin mir nicht sicher, warum er Mrs. Overton tötete, aber wenn er versucht, Mrs. Sayers umzubringen, weiß ich genau, warum er Mrs. Overton umbrachte und diesen Versuch bei Mrs. Sayers macht. Und wenn ich das weiß, wird mein Bild vollständig sein, und ich werde ihn sehen.«

Walters sah Bony gespannt an.

»Sie glauben wirklich, daß er versuchen wird, Mrs. Sayers zu erwürgen?« fragte er.

»Ich hoffe es.«

»Sie sagten doch, daß Mrs. Sayers und Brigg auf der Hut sein wollen.«

»Ja. Was Mrs. Sayers betrifft, können Sie beruhigt sein. Ich werde über sie wachen. Aber wir dürfen mit unseren Bemühungen in anderen Richtungen nicht nachlassen. Ich sehe Sawtell mit Clifford und Bolton kommen. Ich werde ihnen noch einmal ans Herz legen, mit äußerster Vorsicht zu Werke zu gehen. Kennt Bolton, der Mann aus Darwin, Broome?«

»Er war hier sechs Jahre stationiert.«

Bony hielt ihnen einen Vortrag, warum, wann und wie sie vorsichtig sein müßten. Clifford sollte die ganze Nacht Mrs. Abercrombie und ihre Gesellschafterin, Bolton Mrs. Clayton und ihre Tochter bewachen. Außer bei dringendster Gefahr sollte niemand merken, daß sich die Polizei für diese Häuser interessierte.

»Um noch einmal alles zusammenzufassen«, sagte Bony abschließend, »Sie sollen nicht in Aktion treten, wenn Sie einen Verdächtigen oder etwas Verdächtiges sehen. Auf jeden Fall versuchen Sie aber, den Verdächtigen zu identifizieren, ohne daß Sie selbst entdeckt werden. Wenn jemand versuchen sollte, in das Haus, das Sie beobachten sollen, einzubrechen, so verhaften Sie ihn erst, wenn er drinnen ist.«

Walters sagte: »In der Küche sind Taschenlampen und belegte Brote für Sie. Sie können Ihren Posten bei Tagesanbruch verlassen und morgen abend Bericht erstatten.«

Als sie fort waren, fragte Sawtell, ob man etwas von Abie erfahren habe, und Bony teilte mit, was er von Keith gehört hatte, und setzte hinzu: »Ich werde den alten Dickenson mit der Suche nach Abie beauftragen. Fehlt Ihnen etwas Benzin?«

»Nein, ich habe nachgesehen.«

»Möglich, daß es der Katze keinen Spaß macht, sich von der Maus erpressen zu lassen.«

Der Abend war schon fortgeschritten, als Bony loszog, um Mr. Dickenson ausfindig zu machen. Es war fast dunkel, als er ihn seiner ganzen Länge nach ausgestreckt auf einer Bank entdeckte. Der Alte schien betrunken zu sein. Bony beugte sich über ihn und redete ihn an. Dann rüttelte er ihn.

Schließlich nahm er ihm die Pistole weg und ging weiter.

20

Inspektor Walters marschierte in Bonys ›Büro‹ und ließ sich auf dem zweiten Stuhl nieder.

»Ein Straßenarbeiter hat Abie gefunden«, verkündete Walters. »Die Leiche liegt zur Hälfte innerhalb eines Kanals. Der Schwarze hat seiner alten Leidenschaft gefrönt, Benzindämpfe einzuatmen, aber dieses Mal hat er dabei seinen Geist aufgegeben.«

»Ich habe mir schon gedacht, daß er so enden würde«, bemerkte Bony.

»Es wäre ein Wunder, wenn es anders gekommen wäre. Benzin wirkt sicherer als Schnaps. Ich habe ihn zweimal dabei erwischt, und Pedersen hat ihn einmal in einem solchen Zustand aufgefunden, daß der Kerl explodiert wäre, wenn Pedersen ein Streichholz angezündet hätte. Ich muß mit dem Arzt zu der Leiche hinausfahren. Kommen Sie mit?«

Bony nickte. Walters nahm seinen Privatwagen. Bony setzte sich hinten hinein, da der Arzt sicher unterwegs von Walters Näheres hören wollte.

»Wieder eine Leiche?« fragte der Arzt, als er einstieg. »Guten Morgen, Bony. In Broome scheinen in der letzten Zeit zu viele Personen ohne Krankheit zu sterben. Dieser Schwarze war wohl der Benzinkur ergeben?«

Abie sei ein eifriger Anhänger dieser Kur gewesen, sagte Walters und fragte den Arzt, ob diese Kur nur wegen ihrer Billigkeit so beliebt sei oder ob sie einen besonders erstrebenswerten Rauschzustand hervorriefe.

Walters fuhr nordwärts, um dann nach rechts zum Flughafen abzubiegen. Die Asphaltstraße war schwarz. Hier und da sah man die Wölbungen der Kanäle. An einem dieser Kanäle, etwa hundert Meter vom Eingang zum Flughafen entfernt, stand ein Mann. Walters brachte den Wagen zum Stehen. Der Straßenarbeiter zeigte die Böschung hinab in den Graben.

»Dort unten liegt er, Inspektor. Ich hätte ihn nicht gesehen, wenn ich nicht gerade hier gearbeitet hätte.«

Der für den Abfluß des Hochwassers bestimmte Kanal war beim Eingang etwa einen Meter im Durchmesser. Der Oberkörper lag im Graben, die Beine ragten etwas in den Kanal hinein. Auf beiden Seiten der Böschung wuchs dichtes Gestrüpp und Rispengras. Das Grabenbett war trocken und mit hartem, aber biegsamem Gras bedeckt. Wie der Arbeiter gesagt hatte, konnte man den Körper von der Straße aus nicht sehen, da Abie seinen Khakimantel trug, der sich von der Farbe des Bodens nicht abhob.

»Sind Sie unten gewesen?« fragte Bony. Der Mann schüttelte den Kopf.

Die Leiche lag auf dem Rücken, das Gesicht war mit einem braunen Tuch bedeckt. Abies Hut lag wie ein Kissen unter seinem Kopf. In Höhe der Knie sah man eine Bierflasche. Die Leiche hatte ein friedliches Aussehen, als ob Abie es sich in dem Graben recht bequem gemacht hätte.

Dr. Mitchell roch an dem bunten Tuch. »Stimmt, Benzin«, sagte er. Er nahm die Flasche auf und hielt sie nach unten. Sie war leer. Er roch an ihr und sagte wieder: »Ja, Benzin.«

Als sie das Tuch vom Gesicht hoben, sahen sie, daß der Ausdruck sehr friedlich war, nicht einmal der Unterkiefer war herabgefallen, da der Kragen des zugeknöpften Militärmantels ihn gehalten hatte.

Dr. Mitchell kam zurück und klopfte sich den Staub von den Knien.

»Ich habe keinen Zweifel, Walters.«

Der Inspektor blickte Bony an, der kaum merklich nickte.

»Also, dann fahren wir zurück« entschied Walters schnell. »Du kommst mit zur Station, Tom, dort werden wir eine formelle Erklärung aufsetzen. Können wir die Leiche heute nachmittag begraben, Doktor?«

»Meinetwegen ja.«

Bony wollte fragen, wann der Tod eingetreten sei, unterließ es aber dann. Als Walters sagte, er wolle den Leichenwagen sofort herschicken, erbot sich Bony, bis zu dessen Ankunft zu warten.

Als das Auto verschwunden war, stieg Bony in den Graben hinab und hob die Flasche auf, indem er den kleinen Finger in den Flaschenhals steckte. Die Oberfläche war ziemlich sauber. Das schien zu beweisen, daß sie in einer der tiefen Manteltaschen gesteckt hatte. Bony suchte den Verschluß, fand ihn aber nicht. Er hob das Tuch von dem Gesicht des Toten und betrachtete nachdenklich den Hals. Erwürgt worden war Abie nicht, stellte er fest. Er suchte und fand den Brustbeutel des Eingeborenen, ohne den ein Schwarzer sich nicht richtig angezogen fühlt. Er war aus Känguruhfell verfertigt und mit geflochtenem

Menschenhaar am Halse befestigt. Er enthielt vier Zaubersteine gegen Krankheit, den Schnabel eines kleinen Vogels, ein Briefsiegel und einen Priem Kautabak. Sonst war in dem Beutel nichts zu finden.

Die Jackentaschen enthielten nichts, aber in dem Mantel befand sich ein Paar Socken und noch mehr Kautabak.

Bony steckte die gefundenen Schätze wieder in den Brustbeutel und die Socken und den Tabak in die Manteltaschen. Er verwendete mehr als zehn Minuten auf die Suche nach dem Flaschenverschluß, bevor er aus dem Kanal wieder auf die Straße stieg. Schließlich fand er einen Korken.

Es ergab sich folgendes Bild: Abie, im Besitz einer verkorkten und in einer Manteltasche versteckten Flasche Benzin, hatte das Bett des Hochwassergrabens gewählt, um ungestört seiner sonderbaren Leidenschaft frönen zu können. Er wählte den Graben wegen seiner Abgelegenheit und der weichen Grasunterlage. Er machte es sich bequem und entkorkte die Flasche. Er hatte anscheinend den gesamten Inhalt auf einmal auf das Tuch geleert und brauchte somit die Flasche nicht wieder zuzukorken.

Die Flasche lag an seiner Seite, aber der Kork war weder im Graben noch auf der Böschung zu finden gewesen. Er lag auf der anderen Seite der Straße, wohin ihn Abie aus seiner liegenden Stellung im Graben unmöglich geworfen haben konnte. Wenn er aufgestanden wäre, mochte das wohl möglich sein, aber es war unlogisch, das anzunehmen, da er ja nur daran dachte, das mit Benzin getränkte Tuch über sein Gesicht zu breiten.

Der Tote hatte sich offenbar in den Graben gelegt, weil er dort ungestört war. Warum war er dann nicht in den unter der Straße gelegenen Kanal gekrochen? Der Kanal war groß genug, luftig und trocken.

Bony stieg noch einmal in den Graben, um den Boden zu untersuchen, auf dem die Füße des Toten lagen. In dem Kanal wuchs kein Gras. Die Absätze der Stiefel waren in den sandigen Lehmboden gesunken, als Abie die Beine in den Kanal gestreckt hatte . . . oder als er nach seinem Tode hineingeschoben wurde. Von entscheidender Bedeutung war, daß der Kork auf der anderen Seite der Straße lag. Die Flasche lieferte einen weiteren Beweis.

Mit dem Finger im Flaschenhals hatte Bony sie eilig zur Polizeistation getragen und sie dort auf Fingerabdrücke untersucht.

Es waren nur die Abdrücke von Dr. Mitchells linker Hand darauf. Bony hatte bemerkt, daß der Arzt sie mit der Linken angefaßt hatte. Andere waren nicht vorhanden, nicht einmal die des Toten.

Die Umstände waren so, daß eigentlich eine gerichtliche Untersuchung unvermeidlich war. Bony war überzeugt, man würde dabei feststellen, daß Abie nicht an Benzinvergiftung gestorben war. Er war sicher, daß es Abie wie einer Maus ergangen war, die versucht hatte, eine Katze zu überlisten. Eine solche Untersuchung hätte aber eine öffentliche Leichenschau zur Folge gehabt, und diese hätte dem Mörder gezeigt, daß die Polizei von Broome nicht so dumm war, wie er zweifellos dachte. Er würde dadurch vorsichtig werden, und nach Bonys Meinung war er lange genug vorsichtig gewesen.

Inspektor Walters kam zu spät zum Essen. Die Kinder waren schon von der Schule zurück. Er erklärte, er habe die letzten Anordnungen für Abies Beerdigung getroffen.

»Hat der Arzt den Totenschein ausgestellt?« fragte Bony ganz harmlos.

»Ja, natürlich. Der Fall ist doch ganz klar. Die Behörde ist der Ansicht, daß eine Untersuchung nicht nötig ist. Abie mußte früher oder später auf diese Weise umkommen.«

»Sind Ihnen ähnliche Fälle von Benzinvergiftung unter Eingeborenen bekannt?«

»Nein, aber viele Fälle, daß Eingeborene Benzin gestohlen haben, um sich zu berauschen, wenn man den Zustand so nennen kann.«

»Und die Beerdigung findet bereits heute nachmittag statt?«

»Ja, Reverend Kendrake wird um vier die Einsegnung vornehmen. Ich habe den schwarzen Mark angerufen, daß er das Eingeborenenlager verständigt. Sie werden sicher alle erscheinen, werden aber auf dem Friedhof keine Totenfeier nach ihrem Ritus abhalten, weil für sie Abie ein richtiger Polizist war und daher nach Art der Weißen beerdigt werden muß.«

Bony erhob sich und lächelte leicht.

»Vielleicht komme auch ich zur Beerdigung. Bei derartigen Gelegenheiten bin ich gern dabei. Könnten Sie sich wohl die Wetterberichte der letzten drei Jahre besorgen?«

Walters versprach, sich darum zu bemühen, ohne nach dem Grund zu fragen. Bony ging in sein ›Büro‹. Kaum hatte er begonnen, seine Notizen zu ordnen, als Mrs. Walters ihm einen Brief überbrachte, der für ihn abgegeben worden war.

»Ein Junge brachte ihn an die Küchentür.«

»Lieber Mr. Knapp«, las Bony. »Die Umstände haben mir eine Beobachtung ermöglicht, die Sie hoffentlich meine gestrige Verfehlung vergessen lassen wird. Sie finden mich zerknirscht, aber ungebeugt auf der Bank vor dem Postamt. Earle Dickenson.«

Wenige Minuten später saß Bony neben Mr. Dickenson und unterbrach dessen Entschuldigung mit den Worten: »Militärisch gesprochen, waren Sie außer Dienst, so daß kein Schaden entstanden ist. Ich weiß, wie stark so ein Feind sein kann. Die Pistole habe ich mitgenommen, damit sie keinem anderen in die Hände fiel.«

»Ja, ich war außer Dienst. Ich wartete auf weitere Weisungen von Ihnen, aber ... die Sache mit Abie dauerte länger, als ich erwartet habe.«

»Sie haben schon davon gehört?«

»Neuigkeiten verbreiten sich schnell in Broome.« Dickenson seufzte. »Abie tut mir leid. Er soll an Benzinvergiftung gestorben sein. Stimmt das?«

Bony beschrieb ihm, wie man Abie am Morgen aufgefunden hatte.

»Glauben Sie auch, daß er zufällig an zuviel Benzin gestorben ist?«

»Warum fragen Sie das?« entgegnete Bony.

»Weil ich mir gedacht habe, daß ihn nicht das Benzin getötet hat, und weil die Schwarzen heute gut mit Benzin umzugehen verstehen und Abie kein Neuling auf diesem Gebiet war. Als wir neulich von ihm sprachen, sagten Sie, es sei möglich, daß er jemandem nachts nachgegangen ist. Ich halte das jetzt für sehr wahrscheinlich, weil ich überzeugt bin, daß er nicht an Benzindämpfen gestorben ist.«

Bony wartete, und der Alte fuhr fort: »Als ich in der vergangenen Nacht auf der Bank erwachte, war es schon spät, und ich war sehr zerknirscht. Ich wußte, daß Sie bei mir gewesen waren, weil zwar die Pistole fehlte, aber mein Geld noch vorhanden war. Ich saß noch eine Weile da und fühlte das Bedürfnis, einen langen Spaziergang zu machen. Ich ging durch das Chinesenviertel, dann den Fluß entlang und von dort auf den

Eingang zum Flughafen zu, in der Absicht, auf der Straße in die Stadt zurückzukehren. Als ich zu der von Gebüsch bewachsenen Böschung kam, hörte ich jemanden sprechen. Ich lauschte eine Weile und kam dann zu der Überzeugung, daß jemand mit sich selbst sprach. Unter einem Baum fand ich Abie liegen und fragte ihn, was er dort täte. Er war betrunken. Mit Mühe rappelte er sich auf die Knie und reichte mir eine Flasche. Zu jeder anderen Zeit hätte ich wohl seine freundliche Einladung angenommen. Aber diesmal lehnte ich ab. Er bestand jedoch darauf, daß ich einen Schluck nahm. Es war vollständig finster. Ich nahm deshalb die Flasche und roch, daß sie Whisky enthielt. Sie war schon fast leer.

Abie fiel wieder auf den Rücken. Ich nahm an, daß er vollständig betrunken war. Da er dicht am Baum lag, lehnte ich die Flasche gegen den Baum und ging fort.

Auf dem Heimweg mußte ich immer an Abie und seinen Whisky denken. Ich kam zu dem Schluß, daß ihm jemand im Flughafen die Flasche gegeben oder daß er sie dort gestohlen hatte. Heute morgen aber hörte ich, daß Abie tot im Graben mit einem benzingetränkten Tuch über dem Gesicht gefunden wurde.

Nun scheint es mir, daß Abie nicht unter dem Einfluß des Whiskys zusammengebrochen ist, sondern daß der Whisky Gift enthalten haben muß. Abie würde doch nicht so weit mit zwei Flaschen gehen, von denen eine Whisky enthielt, und sich dann noch, nachdem der den Whisky getrunken hatte, das Benzin zu Gemüte führen.«

Mr. Dickenson zögerte und setzte dann erklärend hinzu: »Genausowenig wie ich nach ein paar Schlucken Whisky Batteriesäure zu mir nehmen würde.«

Eine volle Minute lang schwieg Bony.

»Ihre Folgerung ist richtig. Sie sagten, Sie glaubten Stimmen gehört zu haben, als Sie sich dem Baum näherten. Wenn der Giftmischer um diese Zeit bei Abie war, hätte er Ihre Annäherung gemerkt und gehört, was vor sich ging, als Sie Abie fanden. Er hätte Abie dann nicht in den Kanal geschleppt, um eine Benzinvergiftung vorzutäuschen, da er ja gewußt hätte, daß Ihr Zeugnis seine Bemühungen zunichte machen würde. Sie haben Glück gehabt.«

»Wieso?«

»Weil der Giftmischer, wenn er bei Abie gewesen wäre und sich in der Dunkelheit verborgen hätte, den Aufbau der Schlußszene etwas anders eingerichtet hätte. Ich will Ihnen den guten Rat geben, sich vorläufig nicht mehr auf öffentlichen Bänken zum Schlafen hinzustrecken.«

21

Nachdenklich wanderte Bony nach der Beerdigung zum Tor des Flughafens. Er kam zu dem Baum an der Straße, einer knorrigen, breitblättrigen Akazie, in deren Schatten weder Unkraut noch Gras wuchs. Man brauchte nicht viel Spürsinn zu haben, um den Vorgang, der sich dort abgespielt hatte, klar vor Augen zu sehen. Ein Mann, der auf Gummisohlen ging, war mit Abie von der Straße unter den Baum gekommen. Abie hatte sich gesetzt oder war hingefallen, worauf der Mann über die Straße lief. Später war er dann wieder zu dem Baum zurückgekehrt, und als er daraufhin die Straße überquerte, hatte er eine schwere Last getragen. Die Schuhe waren neu, und der Druck lag deutlich auf der Innenseite der Absätze.

Er hatte auch die Flasche Whisky mitgenommen!

Bony fand Mr. Dickenson auf der Bank vor dem Seahorse Hotel. Es ging auf sechs zu. Die Veranda war dicht besetzt. Mit dem Rücken zum Hotel sagte Bony leise: »Stehen Sie auf und laden Sie mich zu einem Glas Whisky ein.«

Mr. Dickenson machte das sehr gut, aber Bony zögerte betont und hatte allerlei einzuwenden, bevor er endlich mitging. Sie fanden eine verhältnismäßig ruhige Ecke in der Bar. Bony zwängte sich durch die Menge und holte die Getränke von der Theke. Niemand schien auf die beiden zu achten.

»Ich war bei dem Baum«, sagte Bony. »Ich glaube, Ihre Schlußfolgerungen sind richtig. Da die Möglichkeit besteht, daß Sie gesehen wurden, muß ich Ihnen zur Vorsicht raten.«

»Wenn man gewarnt ist . . .«

»Ist man nicht gegen einen Angriff gefeit. Haben Sie Flinn gesehen?«

»Den ganzen Tag nicht. Können wir noch einen trinken?«

»Einen noch. Diesmal gehen Sie zur Theke.«

Auch Dickenson mußte sich durch die Menge drängen.

Er kam zurück, ohne einen Tropfen zu verschütten. »Würden Sie mir einen Gefallen tun?« fragte ihn Bony. »Stellen Sie bitte fest, wo Flinn ist, und behalten Sie ihn im Auge, bis er zu Bett geht.«

Sie verließen die Bar und setzten sich auf die Veranda. Dickenson betrachtete die Wolken, die den nordwestlichen Horizont begrenzten.

»Es wird eine dunkle Nacht werden«, prophezeite der Alte. »Wenn ich mich recht erinnere, habe ich Ihnen schon einmal gesagt, daß Flinn ein Lebemann ist. Sie wissen mehr als ich. Nach meiner Meinung würde Flinn einen Mord begehen, wenn er sich sehr bedroht fühlte. Abie könnte Flinn erpreßt haben, aber ich sehe nicht, wie diese drei Frauen ihn bedroht haben oder eine Drohung für ihn gewesen sein könnten.«

»Sie waren eine große Drohung für den Mann, der sie umbrachte«, bemerkte Bony kurz.

»Oh!« Dickenson sah Bony nachdenklich an. »Dann käme Flinn vielleicht doch in Betracht.«

»Darum möchte ich, daß Sie ihn im Auge behalten und gleichzeitig auf Ihrer Hut sind. Ist Ihr Zimmer verschließbar?«

»Sowohl durch ein Schloß wie durch einen Riegel.«

»Dann benützen Sie beide. Was haben diese Wolken zu bedeuten? Regen? Wind?«

»Keines von beiden, glaube ich. Das Barometer steht zu hoch, und um diese Jahreszeit regnet es selten. Die Nacht wird dunkel werden, und wahrscheinlich wird morgen ein feuchter Tag sein.«

»Gerade sagten Sie noch, es würde nicht regnen.«

»Nein, ich meine, es wird ein feuchter Wind vom Meer her wehen, der die Wäsche nicht so leicht trocknen läßt.«

»Ich muß aufbrechen, sonst komme ich zu spät zum Essen. Nehmen Sie sich in acht. Und seien Sie um sechs Uhr morgen früh vor dem Postamt. Werden Sie bestimmt da sein?«

»Ich bin doch jetzt im Dienst«, belehrte ihn Mr. Dickenson.

»Ja, natürlich. Blicken Sie ab und zu über die Schulter.«

Mr. Dickenson nickte lächelnd und machte sich auf den Weg zum Speisesaal. Bony ging zur Polizeistation und rief von dort Mrs. Sayers an. Sie wollte gerade zu einer Bridgepartie gehen, aber sie versicherte Bony, sie würde tausendmal lieber daheim bleiben, wenn er zu ihr käme. Um acht war Bony bei ihr.

Mrs. Sayers führte ihn ins Wohnzimmer. Sie trug einen weißen Wollpullover, eine weiße Hose und weiße offene Sandalen. Ihre Augen flammten und ihre Haare schimmerten wie Kupfer.

»Ich hoffe«, sagte er, »daß Sie und Briggs sich so verhalten haben, wie wir es vereinbarten.«

»Briggs hat darin größeren Eifer gezeigt als ich. Ich glaube auch jetzt noch nicht, daß man mich überfallen wird. Es liegt sicher kein Grund dafür vor.« Mrs. Sayers rief laut nach Briggs.

Er erschien sofort in der Tür. Mrs. Sayers drückte ihre Zigarette aus und ging in die Mitte des Zimmers.

»Briggs«, rief sie, »kommen Sie her und erwürgen Sie mich.«

Die Hände in die Hüften gestemmt, stand die energische Frau unbeweglich. Briggs trat vor sie hin. Briggs zögerte, machte Finten, dann einen plötzlichen Ausfall. Mrs. Sayers Arme flogen hoch. Briggs krabbenartige Hände griffen rasch unter ihnen durch, während sich sein Körper leicht seitwärts drehte. Es gelang ihm, seine Hände an ihre Kehle zu bringen. Mrs. Sayers sank in die Knie und warf sich dann mit einem heftigen Ruck vor. Briggs flog nach rückwärts, seine Hände griffen in die Luft, dann lag er auf dem Rücken.

»Bravo!« rief Bony.

»Leicht genug, wenn man darauf vorbereitet ist. Sonst ist es nicht so einfach. Sie sind aber noch gut in Übung.«

»Ich bin in bester Form, Briggs. Mich wird keiner erwürgen.«

Da fühlte sie sich plötzlich am linken Handgelenk gefaßt. Eine leichte Drehung, der Arm wurde den Rücken hinaufgeschraubt, ein Knie stemmte sich in ihren Rücken, eine Hand griff nach ihrer Kehle, ihr Kopf wurde gegen eine harte Schulter gestoßen. Sie wollte sich in die Knie fallen lassen, aber die Hand blieb an ihrer Kehle und drückte sie zusammen, während der Kopf an Bonys Schulter festgehalten wurde.

Mavis Sayers keuchte, als sie losgelassen wurde und sich aufrichtete. Jetzt war kein Spott in ihren Augen zu sehen.

»Wie Briggs schon sagte, ist die Sache etwas anders, wenn der Angriff erfolgt, ohne daß man vorbereitet ist«, bemerkte Bony. »Verzeihen Sie diese kleine Vorführung.«

»Briggs! Holen Sie Sodawasser. Ich habe Durst.« Zu Bony sagte sie dann: »Sie sind ein bemerkenswerter Mann, Mr. Knapp. Ich habe nicht geglaubt, daß Sie so etwas könnten.«

»Wenn wir herausbringen, wer Mrs. Overton und die anderen Frauen umgebracht hat, werden Sie sagen, Sie hätten nicht geglaubt, daß dieser Mann so etwas fertigbringen könnte«, sagte Bony ernst. »Sollte er Sie angreifen, wird keine vorherige Warnung erfolgen. Deshalb hoffe ich, daß Sie weiter mit mir zusammenarbeiten werden.«

»Natürlich werde ich das.« Mrs. Sayers nahm Briggs die Flasche aus der Hand. Briggs stellte sich ziemlich vertraulich zu ihnen. Sie wollte ihn schon fortschicken, da besann sie sich und reichte ihm ein Glas.

»Ist die Klingel in Ordnung?« fragte Bony.

Sie würde jeden Abend ausprobiert, bestätigte Mrs. Sayers.

»Ich möchte eine unverschämte Frage an Sie richten, Mrs. Sayers. Warum haben Sie sich mit Percival gestritten?«

»Sie haben davon gehört? Nun, ich hätte vielleicht wirklich nicht so auffahren sollen, Mr. Knapp. Er kam eines Abends, um sich zu beklagen, daß Rose als Direktor den Jungen die Zügel zu locker ließe, sie nützten das aus. Ich sagte, das ginge mich nichts an, worauf er mir vorhielt, ich sei Mitglied des Aufsichtsrats, der entscheidenden Einfluß hätte, ich solle diesen gegen Rose einsetzen. Dann ging er noch weiter und sagte, es hätte ihm nichts daran gelegen, an die zweite Stelle zu rücken, wenn Rose sich als geeigneter Direktor erwiesen hätte. Die Unterhaltung wurde lebhaft, als er mich dafür verantwortlich machte, daß der Aufsichtsrat Rose an seiner Stelle ernannt hätte. Ich warf ihn hinaus. Später entschuldigte ich mich wegen meiner Heftigkeit, und wir wurden wieder gute Freunde.«

»Hat er Sie oft besucht?«

»Ja, er war sehr oft hier.«

»Wie viele Leute in Broome mögen wohl Ihr Haus genau kennen?« fragte Bony.

»Ich glaube, ganz Broome. Wenn ich Einladungen gebe, spazieren meine Gäste gewöhnlich im ganzen Haus umher.«

»Ach du liebe Güte! Trotzdem würden Sie mir einen Gefallen tun, wenn Sie morgen waschen ließen.«

»Gern, aber es ist kaum etwas da. Wir haben erst am Montag gewaschen.«

»Sie würden unserer Sache einen großen Dienst erweisen, wenn Sie morgen abend Unterwäsche auf der Leine hängen ließen.«

22

Als Bony am nächsten Abend die Küchentür hinter sich schloß und auf den Hof hinaustrat, war es sehr dunkel. Die Luft roch nach Ozon, Eukalyptus und Rosen. Zwei Sterne schimmerten müde und blaß hinter dem dünner werdenden Wolkenschleier.

Zehn Minuten später traf Bony Mr. Dickenson, der mit dem Rücken gegen den Stamm einer der zwei großen Palmen in Mrs. Sayers' Garten saß. Der alte Herr war vorschriftsmäßig nüchtern und hellwach.

»Alles ruhig«, sagte er leise.

Bony setzte sich zu ihm und prüfte die Sicht. Er konnte den dunklen Umriß des Hauses, die Hütte, in der Briggs schlief, und die Garage sehen. Er konnte auch die Wäschestücke auf der Leine als hellere Flecken im Dunkel der Nacht erkennen. Auf der Veranda brannte Licht, ebenso im Wohnzimmer. Es war ein Viertel vor zehn. Briggs mußte gleich zurückkehren. Mrs. Sayers würde jetzt im Wohnzimmer sitzen, den Blick auf die Tür gerichtet.

Seitdem er ihr den Beweis geliefert hatte, daß man sie, wenn sie nicht auf einen Angriff vorbereitet war, leicht erwürgen konnte, war sie auf ihrer Hut. Sie befolgte nunmehr Bonys Anordnungen ebenso willig wie Briggs'.

Dickenson hatte seinen Platz unter der Palme schon eingenommen, ehe Briggs fortging. Er konnte auch die Hintertür beobachten und versicherte, daß er niemanden gesehen habe außer Briggs. In seiner Hütte neben der Garage lag ein Kettenhund, den Briggs kurz vor seinem Weggehen gefüttert hatte. Was er als Wachhund wert war, hatte er dadurch bewiesen, daß er weder bei Dickensons noch bei Bonys Ankunft gebellt hatte.

Punkt zehn kam Briggs durch die vordere Gartentür herein. Er schloß die Sturmläden und mehrere Fenster. Zwanzig Minuten später verließ er das Haus wieder. Die Beobachter hörten, wie der Schlüssel umgedreht und abgezogen wurde. Dann erlosch das Licht auf der Veranda und im Wohnzimmer. Mrs. Sayers' Schlafzimmer lag an der anderen Seite des Hauses. Bony vertraute darauf, daß sie seinen Anordnungen folgte und das Zimmer abschloß, obwohl Briggs noch einmal durch das ganze Haus gegangen war.

Beruhigt, daß alle Vorsichtsmaßnahmen getroffen waren, machte es sich Bony unter dem Baum bequem, um zu warten. Er hatte dort schon mehrere Nächte geduldig gesessen, und so wartete er auch diese Nacht, in der man absichtlich die Wäsche auf der Leine gelassen hatte, mit ebenso großer Geduld und mit noch größerer Spannung.

Die Stunden vergingen. Um elf schloß das Seahorse Hotel. Die lauten Stimmen, die man aus dieser Richtung gehört hatte, erstarben in der Stille. Dann und wann bellte ein Hund, nur Mrs. Sayers' Hund rührte sich nicht einmal im Traum. Ein Nachtvogel flog in den Baum und putzte sich einen Augenblick die Federn, was die beiden Männer deutlich hören konnten. Lange war das Geräusch eines Autos zu vernehmen, das in Richtung auf den Flughafen die Stadt verließ.

Abie hatte Pech gehabt und Mr. Dickenson Glück. Der Mörder hatte Abie schnell und sicher erledigt, als dieser ihn zu erpressen versuchte. Bony zweifelte nicht daran, daß eine Erpressung stattgefunden hatte. Der Preis für sein Schweigen – mindestens eine halbe Flasche Whisky – war unter dem Baum gegenüber dem Eingang zum Flughafen bezahlt worden. Nachdem er überbracht worden war, hatte sich der Mörder schnell zurückgezogen, um nicht zufällig bei einem sterbenden Eingeborenen überrascht zu werden. Das Gift in dem Whisky wirkte rasch. Der Mörder erschien wieder, trug die Leiche in den Graben und breitete das mit Benzin getränkte Tuch über das Gesicht des Toten. War das sehr schlau? Der Mörder hatte wieder Fehler begangen – die alten Fehler. Obschon er Gummihandschuhe trug, hatte er Türklinken abgewischt, und so hatte er auch die Benzinflasche säuberlich abgerieben, bevor er sie an Abies Seite legte. Und der Kork? Warum er ihn so weit weggeschleudert hatte, würde sich wahrscheinlich nie feststellen lassen.

Ja, Dickenson hatte Glück gehabt, daß er Abie gerade zu der Zeit fand, als der Mörder fortgegangen war, denn wenn er mit ihm zusammengetroffen wäre, hätte ihm dieser das Lebenslicht ebenfalls ausgeblasen.

Der Nachtvogel flog vom Baum und stieß dabei einen langen klagenden Ruf aus. Bony wurde dadurch aus seiner Betrachtung gerissen. Eine halbe Stunde später fühlte er einen kalten Finger im Nacken, der sich bis in sein Gehirn hineintastete. Wieder einmal warnte ihn der sechste Sinn, den er von seinen mütterlichen Vorfahren geerbt hatte. Leicht drückte er Dickensons Arm.

In der Dunkelheit zeichnete sich kein neuer Schatten ab. Kein

Hund bellte, kein Motor ratterte. Es herrschte völlige Stille, und Bony wartete, daß die Warnung Gestalt annähme. Es geschah im nächsten Augenblick. Es war ein Geräusch, als ob zwei Papierbögen leicht gegeneinandergerieben würden.

Das Geräusch dauerte nur kurze Zeit. Die gespannten Nerven erhielten einen Schlag durch das schrille Krähen eines Hahnes im Nachbargarten. Das Krähen ging in einen gurgelnden Ton über, als wäre sich der Hahn bewußt geworden, daß die Morgendämmerung noch fern war. Dann wieder dieses Reiben, diesmal lauter. Jemand ging über den Rasen.

Dann sah Bony eine Silhouette gegen den Hintergrund des wolkigen Himmels. Sie wurde langsam größer, sie näherte sich der Palme. Sie verschwand, als sie in die finstere Leere unter den Zweigen kam.

Kein Laut klang aus dem lastenden Schweigen. Wo der Unbekannte stand, ließ sich nicht genau feststellen. Sicher war, daß er sich noch immer in der tintenschwarzen Dunkelheit unter den Zweigbüscheln der Palme hielt. Selbst wenn Bony nicht gesehen hätte, wie der Fremde in den Schatten des Baumes trat, wäre der eisige Finger, der noch immer seinen Nacken auf und ab tastete, eine hinreichende Warnung gewesen. Leise und doch schrecklich deutlich hörten Dickenson und Bony auf einmal Zähneklappern.

Bony konnte nur mit aller Kraft der Versuchung widerstehen, auf diesen zähneklappernden Gesellen, der offenbar derselbe war, den Dickenson aus Mrs. Elthams Hause hatte kommen sehen, zuzuspringen und ihn festzunehmen. Was der alte Mann, der neben ihm saß, dachte und fühlte, konnte sich Bony vorstellen, und während dieser minutenlangen furchtbaren Spannung bewunderte Inspektor Bonaparte die Selbstbeherrschung seines Begleiters. Kein Zittern durchlief den Arm, den Bony leicht umfaßt hielt.

Der Mann wartete wahrscheinlich, um seiner nächsten Bewegung ganz sicher zu sein und überlegte, ob ihm alle Umstände günstig seien.

Gegen die Wäscheleine zu erschien plötzlich die formlose Masse des Unbekannten, als er die Finsternis des Baumes verließ und mit vorsichtig vorgeschobenen Füßen auf die Leine zuging.

Bony legte sich flach auf den Boden und richtete den Blick auf den Himmel über den Wäschestücken. Er sah sie gegen diesen Hintergrund flattern, als wären sie lebendige Wesen.

Bony drehte sich um.

»Sitzenbleiben!« hauchte er Dickenson zu.

Auf Händen und Knien schob er sich über den Rasen zum Haus. Wieder hörte er den Ton, als würden zwei Blätter Papier gegeneinandergerieben, dann vernahm er leise Schritte auf dem Fahrweg. Der Mörder verließ das Grundstück durch die vordere Gartentür. Bony hätte ihn beinahe triumphierend beim Namen gerufen.

23

Am nächsten Morgen fand Inspektor Walters eine Notiz auf dem Küchentisch, in der Bony ihn bat, ihn um elf Uhr zu wekken. Um diese Zeit betrat daher Broomes Polizeichef mit einer Tasse Tee Bonys Zimmer.

»Guten Morgen«, begrüßte Bony ihn. »Ist Sawtell da?«

»Ja. Hat der Fisch angebissen?« fragte Walters mit schlecht verhehlter Neugier.

»Und ob! Holen Sie Sawtell, und wir werden alles zusammen besprechen.«

Da der Inspektor den einzigen vorhandenen Stuhl beschlagnahmt hatte, setzte sich Sawtell auf das Fußende des Bettes.

»Na, wie ist der Fischzug ausgegangen?« fragte er, und da es Sonntagmorgen war, zündete er eine seiner geliebten Zigarren an.

»Der Fisch hat den Köder angenommen. Er holte sich ein Mrs. Sayers gehörendes seidenes Nachthemd von der Wäscheleine. Es war derselbe Mann, den Dickenson aus Mrs. Elthams Haus kommen sah. Die Zähne klapperten, als wenn eisige Kälte herrschte.«

»Wer ist's?« fragte Walters.

»Es war zu dunkel, um ihn erkennen zu können.«

»Sind Sie ihm nachgegangen?« fragte der Inspektor weiter.

»Er machte keinen Versuch, in das Haus einzudringen. Die Gefahr, ihn argwöhnisch zu machen, war zu groß. Er wird wiederkommen.«

Walters war nicht zufrieden.

»Warum das alles noch einmal wiederholen?« warf er ein. Wenn Sie wissen, wer er ist, müssen wir sofort zupacken. Finden wir diese vier Nachthemden bei ihm, genügen sie zur Verhaftung.«

»Ja, sie genügten ... wenn wir sie in seinem Besitz fänden. Aber wir können nicht sicher sein, daß er sie hat. Als er in der vergangenen Nacht das Hemd stahl, vollendete er selbst die Skizze, die ich mir von ihm entworfen hatte.« Bony zündete sich eine Zigarette an. Die beiden Männer warteten ungeduldig auf seine weiteren Erklärungen. »Wenn er die Nachthemden vernichtet hat, würden die übrigen Beweisstücke, die ich in Händen habe, nicht genügen. Außerdem würden wir Aufsehen erregen, wenn wir eine Durchsuchungserlaubnis erwirkten und dann nicht fänden, was wir suchten. Ich habe genug Beweismaterial, um Sie beide zu überzeugen, um selbst den Staatsanwalt zu überzeugen, aber nicht genug, um den Staatsanwalt zu veranlassen, Anklage zu erheben. Uns bleibt nichts anderes übrig, als den Mörder auf frischer Tat zu ertappen.«

»Wer ist es denn?« fragte Sawtell ungeduldig.

Als sie das Lächeln auf Bonys Gesicht sahen, wußten beide, daß sie mit dem Kopf gegen eine Mauer stießen, wenn sie weiterfragten. Bonys Stimme wurde jetzt lebhafter.

»Er ermordete Mrs. Cotton wahrscheinlich deshalb, weil sie alkoholische Getränke verkaufte. Er ermordete Mrs. Eltham, weil sie ihre Liebe verkaufte. Dem Anschein nach ermordete er Mrs. Overton, weil sie gute Werke tat. Das gibt keinen Sinn, nicht wahr? Wenn man entdeckt, warum er versucht, Mrs. Sayers zu ermorden, wird das innere Motiv dieses Angriffs auf vier Frauen sichtbar werden. Denn in Wirklichkeit gibt es nur ein Motiv, und dieses ergibt ein klares Bild des Mannes.«

»Würde dieses Motiv dem Staatsanwalt nicht genügen, selbst wenn die Nachthemden nicht im Besitz des Diebes gefunden würden?« fragte Sawtell.

»Es würde ihm nicht genügen, um Anklage wegen eines Kapitalverbrechens zu erheben. Angenommen, ich hätte den Kerl verhaftet, nachdem er das Hemd von der Leine gestohlen hatte. Welche Anklage könnte gegen ihn erhoben werden? Daß er ein Kleidungsstück gestohlen hat, noch dazu ein Frauennachthemd. Wir könnten eine Hausdurchsuchung machen, zugegeben. Wenn wir die drei anderen Hemden nicht fänden, würde der Dieb, da er noch nicht vorbestraft und kein Asiate und kein armer Weißer ist, mit einer Verwarnung davonkommen. Ich will nicht auf die unsichere Vermutung hin handeln, daß er die vier Nachthemden aufbewahrt hat.«

»Natürlich bekäme die Sache ein ganz anderes Gesicht, wenn man ihn auf frischer Tat ertappte«, gab Walters zu. »Aber wie wollen Sie das fertigbringen?«

»Ich werde in dem Zimmer sein, in dem er Mrs. Sayers angreift.«

»Ist sie damit einverstanden?« rief Sawtell aus.

»Ich habe sie noch nicht gefragt, aber sie wird sicher ihre Zustimmung geben.«

Bony sprang aus dem Bett.

»Die geringste Unvorsichtigkeit auf unserer Seite wird diesen Hai verscheuchen.«

Walters stand auf und sah Bony kalt und nüchtern an.

»Haben Sie die Gefahr für Mrs. Sayers einkalkuliert?« fragte er.

»Ich habe alles schon ausgearbeitet«, antwortete Bony in bester Laune. Dann fragte er Sawtell: »Haben Sie in Ihrem Laboratorium eine Kamera mit Blitzlicht?«

Der Sergeant nickte und lachte dann leise auf.

»Sie wollen doch wohl keine Blitzlichtaufnahme von dem Mann machen, wenn er Mrs. Sayers erwürgt?«

»Doch, diesen Versuch werde ich unternehmen. Verstehen Sie etwas von Eisenarbeiten? Ich habe auf dem Hof eine tragbare Schmiede mit Amboß gesehen.«

»Ich kann Hufeisen machen«, sagte Sawtell.

»Gut. Versuchen Sie, einen Stehkragen für Mrs. Sayers herzustellen. Sie könnten ihn aus Eisenblech formen und Mrs. Walters als Modell benutzen. Der untere Rand muß mit weichem Material gepolstert sein, so daß er der Dame nicht in den Hals schneidet. Er muß aber so eng sitzen, daß der Mörder nicht unter ihm nach der Kehle fassen kann.«

Durch diese kühne Strategie Napoleon Bonapartes wurde Walters sein Unbehagen und seine Zweifel los.

»Meinen Sie, daß Sie es fertigbringen, Sawtell?« fragte Bony.

»Ich werde es jedenfalls versuchen«, erwiderte der Sergeant. »Wann brauchen Sie das Ding?«

»Es wäre schön, wenn ich es heute nachmittag um vier haben könnte.«

Sawtell brauchte die Schmiede und den Amboß gar nicht, um den Kragen zu machen. Er schloß sich in die Werkstatt ein und begann an einem Stück Eisenblech zu arbeiten. Um ein Uhr ging er zum Essen, und bei seiner Rückkehr brachte er ein großes braunes Paket mit, das er auf Bonys Tisch öffnete. Innerhalb weniger Minuten hatte sich Bony mit dem Mechanismus des Fotoapparats vertraut gemacht. Sawtell hatte einen Fernauslöser mit ziemlich langer Schnur mitgebracht.

Inzwischen war Keith Walters mit einem Paket und einem Brief zu Mrs. Sayers geschickt worden. Er hatte genaue Anweisungen erhalten, welchen Weg er für die Hinfahrt benützen und auf welchem Weg er zurückkehren sollte. Bony unterwarf ihn bei seiner Rückkehr einem Verhör, um sicherzugehen, daß er sich nach den Anweisungen gerichtet hatte.

»Du bist ein guter Pfadfinder, Keith«, lobte Bony ihn. »Nun sei nicht neugierig und stell keine Fragen. Sag auch keinem etwas von dem kleinen Auftrag, den du ausgeführt hast.«

Bony verbrachte dann zwei Stunden mit Schreiben. Um vier Uhr wurde er von Mrs. Walters zum Tee gerufen. In ihren Augen war verhaltene Aufregung zu lesen. Bony wurde ins Wohnzimmer geführt, wo bereits Walters und Sawtell anwesend waren. Auf einem kleinen Tisch lag der eiserne Kragen.

»Probier ihn an, Esther«, sagte Walters.

»Er ist ein wenig zu groß für mich«, sagte sie.

Sawtell hatte seinem Werk sogar einen schnell trocknenden Anstrich gegeben, so daß der Kragen beinahe fleischfarben war. An dem oberen und unteren Ende hatte er Löcher gebohrt und durch sie eine dicke Schnur gezogen. Der Kragen bestand aus zwei Teilen, die hinten durch Scharniere zusammengehalten und vorn durch starke Haken geschlossen wurden. Ohne viel Mühe legte sich Mrs. Walters den Kragen um und trat zurück, um sich betrachten zu lassen. Das Kinn drückte den Kragen fest auf die Schulterknochen.

»Ausgezeichnet!« rief Bony. »Meinen Glückwunsch und meinen Dank, lieber Sawtell. Erlauben Sie, Mrs. Walters.«

Bony legte die Hände um ihren Hals und fühlte sofort, daß der Kragen hundertprozentig sicher war. Sawtell war stolz auf sein Werk, und Walters war von einem Alpdruck befreit. Ihm überreichte Bony einen großen Umschlag.

»Ich habe meinen Feldzugsplan in allen Einzelheiten aufgestellt. Studieren Sie ihn mit Sawtell genau durch und halten Sie sich streng an die Aufgaben, die ich Ihnen, Sawtell und den zwei Beamten zugewiesen habe. Ich erwarte nicht, daß der Hai den Köder schon heute nacht annimmt, aber wir müssen auf alles vorbereitet sein. Sie werden sehen, wie sehr ich die Notwendigkeit betont habe, die größte Vorsicht walten zu lassen, damit der Hai keinen Verdacht schöpft und abdreht.«

»Wir werden alles genau befolgen«, versprach Walters.

Ein paar Minuten später verließ Bony die Polizeistation. Er nahm in einem Paket Sawtells Kamera und den eisernen Kragen mit. In seinen Taschen befanden sich noch andere nicht ganz leichte Sachen, so daß sein gestreifter dunkelgrauer Anzug nicht ganz so gut saß wie sonst. Er ging langsam, als ob er einen Spaziergang machte, zuerst durch einen Teil des Chinesenviertels, wo er Mr. Dickenson traf, mit dem er zehn Minuten zubrachte, um ihm genaue Anweisungen zu geben, und schließlich näherte er sich von einer Seitenstraße her Mrs. Sayers' Haus. Es war fünf, als Mrs. Sayers ihn begrüßte.

»Mir kommt's vor, als hätte ich schon eine Ewigkeit auf Sie gewartet«, sagte Mrs. Sayers. »Die Köchin brauchte ich nicht früher wegzuschicken, da sie sonntags immer um zwei geht . . . und ich möchte allzugern wissen, was in dem Paket ist, das Keith Walters gebracht hat.«

»Das würden Sie nie erraten«, sagte Bony lächelnd. »Auch nicht, was in diesem ist. Darf ich jetzt mit Ihrer Erlaubnis Briggs hereinrufen? Vor Einbruch der Dunkelheit sind noch einige Vorbereitungen zu treffen.«

»Er wird noch schlafen: Er hat die ganze letzte und vorletzte Nacht gewacht.« Ein Bony bisher fremder Ausdruck trat in ihre Augen. »Ich muß Ihnen ehrlich sagen, diese ganze Sache hat Briggs etwas konfus gemacht.«

»Er ist besorgt um Sie und fügt sich nicht gern unseren Anordnungen?«

»Ja. Heute morgen war er ganz wild, als er von dem Diebstahl hörte. Haben Sie ihn gesehen – den Dieb meine ich?«

»Ich habe ihn gesehen, aber ich konnte nicht feststellen, wer es ist. Wenn Sie nichts dagegen haben, werde ich Briggs wecken. Er wird sich weniger auflehnen, wenn er die Einzelheiten des Planes hört, den ich zur Ausführung bringen möchte. Daß Sie sich nicht dagegen auflehnen werden, halte ich für selbstverständlich«, setzte er lächelnd hinzu.

Draußen auf dem Gang hörte man Schritte. Dann stand Briggs in der Tür. Die kleinen schwarzen Augen blickten nicht freundlich.

»Kommen Sie herein, Briggs«, sagte Mrs. Sayers. »Mr. Knapp möchte mit uns beiden reden.«

Bony öffnete sein Paket. Mrs. Sayers und ihr Diener und Freund schauten neugierig zu. Keiner sagte ein Wort, als die Kamera zum Vorschein kam, und Briggs schwieg sogar weiter, als Bony den eisernen Kragen enthüllte.

»Was ist denn das?« rief Mrs. Sayers. Bony hielt ihr den Kragen entgegen.

»Ich werde diese Vorrichtung ›Dame ohne Furcht‹ nennen«, erwiderte er. »Sawtell und ich werden demnächst zur Massenproduktion übergehen. Es wird große Mode werden.«

Bony klappte den Kragen wie ein Armband auf, legte ihn Mrs. Sayers sanft um den Hals und schloß ihn.

»Kinn hoch, bitte! Paßt ganz ausgezeichnet.« Bony trat zurück. »So, Briggs, jetzt versuchen Sie, Mrs. Sayers zu erwürgen.«

Briggs sagte bewundernd: »Donnerwetter!«

Mrs. Sayers kicherte etwas nervös. Briggs legte ihr die Hände um den Hals und drückte fest zu. Er strengte sich an. Mavis Sayers kicherte wieder. Dann wurde sie plötzlich ernst, und als Briggs den Versuch aufgab, fragte sie: »Sind Sie überzeugt, daß man mich angreifen wird?«

»Ja«, antwortete Bony. »Jetzt will ich Ihnen zeigen, wie man das Ding wieder losmacht, und dann wollen wir alles besprechen. Einverstanden, Briggs?«

»Ja, mir ist's recht.«

»Was ich Ihnen vorschlage«, leitete Bony seine Erklärung ein, »ist nichts weniger, als daß wir versuchen, den Mörder auf frischer Tat zu ertappen, das heißt, wenn er es unternimmt, Sie zu erwürgen, Mrs. Sayers. Er ist rücksichtslos und schlau, er hat die Instinkte eines wilden Tieres und besitzt dabei eine äußerst scharfe menschliche Intelligenz. Er hat bis jetzt so gut gearbeitet, daß wir nicht einmal genug Beweismaterial haben, um eine Haussuchung beantragen zu können.

Er hat Ihr Nachthemd gestohlen und damit einen Plan begonnen, den er dreimal mit Erfolg ausgeführt hat. Wenn er auf der Linie dieses vierten Versuchs an irgendeiner Stelle auf Widerstand stößt, wird er sich zurückziehen, bis er sich in Sicherheit ein neues Opfer suchen kann. Er kann einen Monat, ein halbes Jahr oder sogar ein ganzes Jahr warten. Aus Gründen, die klar auf der Hand liegen, können wir weder unsere

Jagd unterbrechen, noch ihm erlauben, nach einem vollständig neuen Plan vorzugehen.

Da er Ihr Nachthemd gestohlen hat, wird er in Ihr Haus mit der Absicht eindringen, Sie umzubringen. Ich möchte ihn diesen Versuch machen lassen. Er soll hier ins Haus kommen, in Ihr Zimmer schleichen und Sie überfallen. Ich will von diesem Vorgang eine Aufnahme machen. Ich möchte bei Ihnen sein und auf ihn warten.

Ohne diesen Kragen würde ich nicht daran denken, Sie einer so schrecklichen Gefahr auszusetzen. Wenn Sie ihn tragen, können Sie keinen körperlichen Schaden nehmen, aber Sie werden Mut brauchen und müssen fähig sein, eine große nervöse Spannung zu ertragen. Aus zwei Gründen glaube ich, daß er Ihnen keinen Schaden zufügen wird. Der erste ist, daß Sie auf ihn warten und vorgewarnt sind, der zweite, daß ich bei Ihnen bin.«

»Nie hätte ich geglaubt, daß man in Broome ein solches Abenteuer erleben kann.«

»Möglich, daß wir im Dunkeln zwei oder drei, ja sogar mehr Nächte warten müssen.«

»In meinem Schlafzimmer?«

»Sie werden in Ihrem Bett liegen, und ich werde auf einem Stuhl in einer Ecke Ihres Zimmers sitzen. Ich hoffe, daß ich Sie nicht zu sehr in Verlegenheit bringe.«

»Und wo wird Briggs warten?«

»In seinem Zimmer«, antwortete Bony. »Ich kann nicht genug betonen, wie wichtig es ist, daß sowohl Sie wie Briggs sich genauso wie sonst verhalten. Nur in einer Hinsicht muß ich ein kleines Opfer fordern, nämlich, daß Sie abends keine Einladung geben und die Abende nicht außer Haus verbringen. Ich möchte am liebsten hier wohnen, mich bei Tag in einem sonst nicht benutzten Zimmer verborgen halten, damit mich Ihre Köchin nicht sieht. Niemand darf eine Ahnung davon haben, daß ich hier im Haus bin, und niemand darf merken, daß einer von Ihnen beunruhigt ist oder Unheil erwartet. Das ist mein Plan.«

Mrs. Sayers sah Briggs an. Dieser nickte langsam und entschlossen mit dem Kopf.

»Scheint auf den ersten Blick nicht besonders schwierig zu sein«, gab er zu. »Das sind aber wohl nur die großen Züge, wie ich annehme.«

»Ja, die Einzelheiten kommen später, Briggs. Was halten Sie von diesem Plan, Mrs. Sayers?«

»Mir gefällt er. Er gefällt mir immer besser, je mehr ich an Mabel Overton denke. Der Plan ist vollkommen.«

»Nehmen Sie meinen herzlichen Dank entgegen«, sagte er. »Seit wann haben Sie die Sturmläden abends geschlossen?«

»Seitdem Mrs. Eltham ermordet wurde«, antwortete Briggs.

»Kann man ins Haus sehen, wenn die Läden geschlossen sind?«

»Ich weiß nicht. Vielleicht an den Seiten.«

»Kann jemand durch die Ventilatoren sehen, die über den Läden angebracht sind?«

»Nein, das weiß ich sicher.«

»Gut. Überzeugen Sie sich heute nach Einbruch der Dunkelheit, ob es möglich ist, von draußen ins Haus zu sehen. Gleichzeitig nehmen Sie dieselbe Prüfung bei den Jalousien und Vorhängen der Zimmer vor. Dann habe ich noch eine Arbeit für Sie, die gleich zu tun ist. Es ist wahrscheinlich, daß der Mörder den Draht der Alarmglocke gesehen hat, der vom Haus in Ihr Zimmer führt, und ihn durchschneiden wird. Glauben Sie, daß Sie die Leitung verlegen können, ohne den Draht zu entfernen?«

»So daß es nichts ausmacht, wenn er den jetzt vorhandenen Draht durchschneidet?«

»Ich habe welchen mitgebracht für den Fall, daß Sie keinen haben sollten. Sie waren mehrere Jahre auf See, habe ich gehört.«

»So an die zwölf Jahre.«

»Dann wissen Sie sicher, wie man Raketen abschießt.«

»Und ob! Warum?«

»Das andere Paket enthält sechs Raketen. Die sind ein wichtiger Teil unseres Plans. Jetzt machen Sie sich aber erst einmal an das Verlegen der Leitung. Legen Sie den Draht so, daß man ihn außerhalb des Hauses nicht durchtrennen kann. Aber lassen Sie den jetzigen Draht, der über den Hof führt, unberührt. Mittlerweile möchte ich einen kleinen Rundgang durch Ihr Haus machen, Mrs. Sayers.«

24

Mrs. Sayers' Haus war eines der größten in Broome. Außer den Wohnräumen hatte es noch fünf Schlafzimmer. Wie bei Mrs. Overtons Haus ging die Vorderseite nach Westen. Die Veranda war außergewöhnlich breit und konnte durch Sturmläden ganz geschlossen werden. Von der Verandatür kam man zu der eigentlichen Haustür, von der durch die Hausmitte ein Gang bis zu der am anderen Ende gelegenen Küche führte.

· Mrs. Sayers' Schlafzimmer lag ihrem großen Wohnzimmer gegenüber. Es hatte Flügelfenster, die sich auf die Veranda öffneten. In der Ecke schräg gegenüber der Tür stand eine Kommode. Zwischen diese und die Fenster hatte Bony einen Stuhl gestellt, so daß er, wenn er den Rand des Vorhangs ein wenig zur Seite schob, jeden sehen konnte, der draußen am Lichtschalter stand. Die Kamera hatte er an der Kommode festgeschraubt und so eingestellt, daß sie auf den Raum zwischen Bett und Tür gerichtet war. Den Draht zu der Alarmglocke in Briggs' Zimmer hatte er mit dem Stuhl verbunden, an dessen Sitzkante er den Klingelknopf angebracht hatte.

In der ersten Nacht ereignete sich nichts. Mrs. Sayers lag auf dem Bett und war über Hose und Bluse mit einem Nachthemd aus Satin bekleidet. Der eiserne Kragen umschloß ihren Hals. Sawtells Werk bereitete ihr keine Unbequemlichkeit, und von zwei Uhr morgens schlief sie, bis Briggs ihr den Morgentee brachte. Bony schlief um diese Zeit in dem anstoßenden Schlafzimmer, in das er sich kurz nach Tagesanbruch zurückgezogen hatte.

Es war schwer, seine Anwesenheit im Haus vor der Köchin zu verbergen. Er hätte in der Morgendämmerung zur Polizeistation gehen und von dort abends zurückkehren können, aber dieser zweimalige Gang konnte vielleicht von einem so äußerst vorsichtigen Mann, wie es der Mörder war, bemerkt werden.

Ein paar Minuten nach fünf Uhr nachmittags erwachte Bony, aber erst um halb acht Uhr abends rief ihn Mrs. Sayers zu einer Mahlzeit, die sie selbst zubereitet hatte. Dann hielt er mit ihr und Briggs eine halbstündige Übung ab, wobei er vor allem darauf achtete, daß zwischen ihnen und ihm kein Wort gewechselt wurde. Weder durch ein Wort noch durch eine Gebärde durften sie seine Anwesenheit verraten. Dasselbe Schweigen wurde Mr. Dickenson auferlegt, der sich in Briggs' Zimmer verborgen hatte.

Als Briggs um neun Uhr zum Hotel ging, nahm Mrs. Sayers ein Buch zur Hand, während Bony auf der Schwelle des Zimmers saß, in dem er den ganzen Tag verbracht hatte. Die Hintertür war abgeschlossen, das Licht in der Küche ausgedreht, so wie es Briggs gewöhnlich tat, wenn er das Haus verließ. Das Licht auf der Veranda brannte, die Verandatür war nicht abgeschlossen.

Draußen war es vollständig finster. Bei Sonnenuntergang war Ostwind aufgekommen, der die Blätter der beiden Palmen zum Rascheln brachte. Es war eine Nacht, die einen guten Fischzug versprach.

Auf Bonys Armbanduhr war es halb zehn, als die Verandaglocke läutete. Mrs. Sayers eilte durch den Hausgang auf die Veranda, um nachzusehen, wer vor der Tür stand. Bony hörte, wie die Tür geöffnet wurde und Mrs. Sayers sagte: »Ah, Mr. Willis! Was führt Sie her? Kommen Sie herein.«

Bony kannte weder die Stimme noch den Mann selbst. Der Besucher folgte Mrs. Sayers ins Wohnzimmer.

»Ich werde Sie nicht lange aufhalten, Mrs. Sayers«, sagte er. »Ich komme im Auftrag verschiedener Mitbürger, die ein großes Projekt vorhaben. Wie immer sind sie der Überzeugung, daß es nur dann Aussicht auf Verwirklichung hat, wenn Sie sich daran beteiligen.«

Es handelte sich um die Errichtung eines Hauses, das eine Bibliothek, ein Museum und einen Ausstellungs- und Vortragssaal enthalten sollte. Das Projekt sollte aus öffentlichen Beiträgen finanziert und durch ein Kuratorium verwaltet werden, als dessen Vorsitzende man Mavis Sayers ins Auge gefaßt hatte.

Mrs. Sayers stellte gerade Mr. Willis ihre Beteiligung in Aussicht, als Bony einen plötzlichen Lufzug spürte. Es bestand kein Zweifel, daß jemand die Küchentür geöffnet und wieder geschlossen hatte.

Bony wußte, daß man von der Küche aus seine Silhouette gegen das indirekte Verandalicht sehen konnte. Er legte deshalb den Kopf an den Türpfosten des Zimmers und überblickte den Gang. Briggs konnte die Küchentür nicht geöffnet haben, denn er hätte in der Küche das Licht angeknipst.

Der Schein der Verandalichts beleuchtete nur den halben Gang, in dem dunklen Teil war der Eingang zur Küche. Nein,

Briggs konnte es nicht sein, und Mr. Dickenson hatte die klare Anweisung, sich nicht zu rühren, bis er die Alarmglocke unter Briggs' Kopfkissen hörte.

Mrs. Sayers versprach gerade ihrem Besuch, daß sie sich den Vorschlag überlegen wolle, als Bony am Ende des Ganges eine Bewegung sah. Sie war zuerst kaum sichtbar, wuchs sich dann aber zu der Gestalt eines Mannes aus. Er kam von der Küche, doch bevor er erkennbar wurde, verschwand er in einem Zimmer, das, wie Bony wußte, leer stand.

Das Zimmer blieb dunkel, als der Mann hineingegangen war. Bony war sich nicht sicher, ob der Eindringling die Tür hinter sich geschlossen hatte. Er hatte kein Geräusch verursacht, als er sie öffnete.

Mrs. Sayers begleitete ihren Besucher zur Tür und sagte ihm gute Nacht. Wenn sie Bony bemerkte, als sie ins Wohnzimmer zurückkehrte, zeigte sie es jedenfalls nicht.

Schließlich kam Briggs durch die Küchentür herein, drehte das Licht und dann den elektrischen Kocher an, um den Kaffee zu bereiten. Das Küchenlicht erhellte nun den Gang, und Bony zog sich ein wenig zurück. Briggs mußte ihn gesehen haben, ignorierte ihn aber vollkommen und ging ins Wohnzimmer, um sich seine letzten Anweisung zu holen.

»Wünschen Sie noch etwas, Mavis, bevor ich abschließe?«

»Ja, Briggs, ich möchte eine Kanne Kaffee und einige belegte Brote. Bringen Sie alles ins Schlafzimmer. Ich gehe zu Bett. Ich habe scheußliches Kopfweh.«

»Dann sollten Sie ein paar Tabletten nehmen. Haben Sie welche da?«

»Nein, bringen Sie mir einige mit dem Kaffee.«

Diese Unterhaltung war am vergangenen Abend eingeübt worden, und zwar mit etwas erhobener Stimme, damit ein Lauscher draußen vor dem Fenster hören konnte, was Mrs. Sayers vorhatte. Heute stand der Lauscher hinter der zweifellos angelehnten Tür. Briggs spielte seine Rolle gut, Mrs. Sayers war über alles Lob erhaben.

Briggs tat alles so, wie er es gewohnt war. Er legte die Sturmläden vor und schloß die Verandatür. Wie am vergangenen Abend schloß er die Haustür nicht ab und machte auch keinen Rundgang durch die Zimmer. Als er an dem Raum vorbeikam, in dem der Unbekannte lauerte, schlüpfte Bony in Mrs. Sayers' Schlafzimmer.

Mrs. Sayers kam herein und drehte das Licht an. Bony legte zwei Finger auf den Mund und gebot dadurch Schweigen. Er schrieb eine Notiz. Als Briggs klopfte, gab er Mrs. Sayers die Notiz, die, wie sie sah, an Briggs gerichtet war.

Briggs trat ein und erschien mit einem Tablett, über das er eine Serviette gedeckt hatte. Er zwinkerte Bony zu und nahm das Tuch weg. Es war ein Gedeck für zwei. Nachdem er alles hingestellt hatte, fragte er, mit dem Tablett unter dem Arm, ob Mrs. Sayers noch einen Wunsch habe.

Sie übereichte ihm die Notiz, in der Bony die Ankunft des Mörders mitgeteilt hatte, und sagte: »Das ist alles, Briggs. Vergessen Sie aber nicht, das Licht in der Küche auszudrehen. Sie haben es schon oft vergessen. Eine solche Verschwendung kann ich nicht dulden.«

Briggs' runzliges Gesicht verzog sich zu einem Grinsen.

»Immer müssen Sie nörgeln, Mavis«, murrte er. »Da tut man alles, was man kann, und doch sind Sie nicht zufrieden. Schon recht. Jetzt nehmen Sie die Tabletten und schlafen Sie gut. Gute Nacht.«

Die Tür schloß sich hinter ihm. Mrs. Sayers schenkte Kaffee ein. Bony saß auf dem Bettrand. In leisem Flüsterton erzählte er, was er gesehen hatte.

»Es kann zwei Stunden dauern, bis er kommt. Er wird warten, bis Briggs schläft. Denken Sie an alles, was ich Ihnen gesagt habe. Vergessen Sie nicht, daß ich eine Aufnahme von ihm machen will, und vermeiden Sie daher, zwischen ihn und die Kommode zu treten.«

Mrs. Sayers nickte. Ihre Augen glühten vor Erregung. Sie gewann Bonys ganze Bewunderung, da sie nicht die geringste Furcht zeigte. In seiner Ecke sitzend, sah er, wie sie die Tassen und die Teller mit fester Hand auf den Ankleidetisch stellte. Bony nahm eine Ober- und Untertasse weg und brachte sie in einer Schublade unter.

Er kehrte wieder auf seinen Stuhl zurück, als Mrs. Sayers ihr Nachthemd überzog und mit einer weitausholenden Bewegung ihre Toilette mit dem eisernen Kragen vervollständigte. Sie streckte sich aus, hob die Arme und spannte die Muskeln an. Ihr Gesicht zeigte Entschlossenheit, ihre Augen waren klein und glitzerten boshaft. Sie winkte Bony über das Fußende zu, bevor sie das Licht löschte.

In der Dunkelheit saß Bony auf seinem Stuhl. Er konnte

hören, wie Mrs. Sayers sich auf dem Bett bewegte. Briggs war noch in der Küche und pfiff laut vor sich hin, als wollte er ihnen Mut machen. Kurz darauf hörte man, wie die Küchentür abgeschlossen wurde. Schweigen legte sich plötzlich auf das Haus.

Die Szene war aufgebaut, die Schauspieler warteten, daß der Vorhang aufging. Das Stück würde mit dem Auftreten des Mannes beginnen, dessen Bild Bony nun deutlich vor sich sah. Die anderen Schauspieler hatten ihre Rollen gründlich gelernt und warteten auf ihr Stichwort.

Wenn Bony auf den Knopf an seiner Stuhlkante drückte und durch einen Zug an der Schnur das Blitzlicht auslöste, würde Briggs zur Küchentür stürmen und sie, wenn er sie nicht öffnen konnte, mit einem Schmiedehammer einschlagen und den Hauptschalter andrehen, wenn er in Mrs. Sayers' Zimmer kein Licht sah. Inzwischen sollte Mr. Dickenson mit einem Eimer Sand, in dem drei Flaschen eingebettet waren, auf den Hof laufen. In den Flaschen steckten Raketen. Der Abschuß der Raketen würde die zwei Polizeibeamten benachrichtigen, die die Häuser der Witwen Abercrombie und Clayton bewachten. Sie würden sofort zu Mrs. Sayers' Haus laufen. Inspektor Walters und Sergeant Sawtell würden im Auto warten und drei Minuten nach dem Aufsteigen der Raketen an Ort und Stelle sein.

List und Geduld waren die wesentlichsten Voraussetzungen für das Gelingen des Planes – List vielleicht noch mehr als Geduld. Das Haus mit Polizeikräften zu umstellen, wäre ein Fehler gewesen. Wenn eine Frau wie Mavis Sayers einem solchen Plan ihre Unterstützung leiht, richtet man es so ein, daß die Mordszene so drastisch wie möglich gestellt wird, so daß an dem Mordversuch niemand mehr zweifeln kann.

Bony dachte an den Mann, der in dem anderen dunklen Zimmer lauerte. Er wartete auf die Gelegenheit, wieder töten zu können. Als junger Mann hatte er ein ausgezeichnetes Gedächtnis und einen lobenswerten Wissensdurst besessen. Seine Laufbahn war von Triumphen gekennzeichnet. Ehrgeiz hatte ihn angetrieben, sein Ziel, eine hohe gesellschaftliche Stellung und vor allem Macht zu erreichen. Nichts durfte sich zwischen ihn und dieses Ziel stellen. Normale menschliche Triebe wurden auf dem Altar der Askese geopfert.

Als er seinen Ehrgeiz befriedigt hatte, entdeckte er, daß sein Wissen nicht einmal die elementarsten Kenntnisse über Frauen umfaßte. In den Jahren der Selbstverleugnung hatte er Ehren auf sich gehäuft, sie hatten ihm zwar zu gesellschaftlichem Ansehen verholfen, ihn aber seine Jugend gekostet. Wein hatte er erwartet, und Essig hatte er empfangen.

Der Stolz des erfolgreichen Mannes wurde im tiefsten verletzt. Was er mit bewußtem Willen zurückgedrängt hatte, stieg aus dem Unbewußten auf, um ihn mit lange zurückgehaltener Wut anzugreifen. Er war der Mittelpunkt widerstreitender Kräfte geworden und fürchtete schließlich, was er ersehnte.

Diese doppelte Furcht hatte sich gegen einige Frauen gerichtet, deren Tätigkeit seine Macht bedrohte und deren erotische Anziehungskraft ihn quälte.

25

Drei Stunden lang auf einem harten Stuhl zu sitzen und auf die Annäherung eines mehrfachen Mörders zu warten, ist vielleicht um einen Grad leichter als auf einem Bett zu liegen und in Gedanken hundertmal den Tod durch Erwürgen zu erleiden. Wenn Mrs. Sayers geschrien hätte: »Ich kann es nicht mehr aushalten!« wäre Bony weder überrascht noch ärgerlich gewesen.

Die Zeit schien endlos zu sein, bis die Dunkelheit auf der Veranda sich fast unmerklich lichtete. Das Licht wurde stärker, war aber nicht so hell, daß man die Möbel erkennen konnte. Plötzlich sah Bony die Quelle, aus der es floß, die runde matte Scheibe einer durch ein Tuch verhüllten Taschenlampe.

Der Mörder stand jetzt vor dem Hauptlichtschalter. Er schien dort lange zu verharren, schob aber in Wirklichkeit mit unendlicher Geduld den Schalthebel nach oben, um jedes Geräusch zu vermeiden. Bony konnte seine Bewunderung für diesen Meister der geräuschlosen Bewegung nicht unterdrücken. Der Schein erlosch wieder unmerklich. Der Mann kam in den Gang zurück.

Bony hielt mit einer Hand die Auslösungsschnur der Kamera, die andere berührte die glatte Oberfläche des Klingelknopfes. Zwischen seinen Knien hielt er eine große Taschenlampe.

Der Mörder mußte nun vor der Schlafzimmertür sein. Bony konnte ihn nicht hören. Nicht der leiseste Laut war zu vernehmen. Warum das Zögern? Weitere Vorsichtsmaßnahmen waren nicht nötig. Das Licht war ausgeschaltet. Das Opfer war ohne jede Verbindung mit der Außenwelt.

Die Tür wurde so leise und so langsam geöffnet, daß kein bemerkbarer Unterschied im Luftdruck eintrat. Dann wurde sie ebenso leise und langsam geschlossen.

Mrs. Sayers bewegte sich. Sie seufzte. Dann atmete sie wieder leise und rhythmisch.

Bony hörte das Zähneklappern, das er schon einmal vernommen hatte.

Wieder erschien der kleine Lichtkegel. Er war auf den Boden gerichtet. In dem schwachen Lichtschein sah man den Mann mit dem Rücken gegen die Tür stehen. Man sah auch das Fußende des Bettes. Der Mann, der den Körper eines Riesen zu haben schien, bewegte sich auf das Bett zu. Dann kam im Flüsterton die befehlende Stimme: »Mrs. Sayers, wachen Sie auf! Jetzt gehören Sie mir. Mir gehören Sie!«

Dann sah Bony Mavis Sayers auf der Bettkante sitzen. Langsam stand sie auf.

»Oh, Mr. Rose, das kommt so plötzlich«, murmelte sie.

Die Lampe fiel zu Boden, als er nach der Kehle seines Opfers griff.

Bony drückte den Finger auf den Klingelknopf und ließ ihn dort. Er zog die Auslösungsschnur der Kamera. Grelles Licht blitzte auf. Dann ein schrilles Frauenlachen, das Bony viele Jahre lang nicht vergaß.

Bonys Lampe erhellte die Szene. Mr. Rose blickte in die Richtung, aus der der Lichtschein kam. Sein Rücken war gekrümmt, seine Knie gaben nach, sein Mund stand auf, seine Augen zeigten nur noch das Weiße. Mrs. Sayers war hinter ihm. Sie beschäftigte sich mit seinem linken Arm und seinem Hals, während sie rief: »Du dreckiges Vieh! Du Schwein! Ich werde dir den Hals zusammenquetschen, du dreckiger, widerlicher Mörder, du ekelhaftes Schwein!«

Mit furchtbarem Krach flog die Hintertür aus den Angeln. Bony legte seine Lampe auf die Kommode, indem er den Lichtstrahl auf den zappelnden Mr. Rose richtete. Dann lief er zu den beiden hin und rief: »Bringen Sie ihn bloß nicht um, Mrs. Sayers! Lassen Sie ihn leben!«

Er schwang einen prall mit Sand gefüllten Socken gegen Roses Kopf. Rose fiel sofort um und riß Mrs. Sayers mit zu Boden. Auf dem Gang hörte man das Stampfen von Füßen. Die Tür wurde aufgerissen. Briggs stürzte sich auf den bewußtlosen Rose, weil er glaubte, er läge auf Mrs. Sayers und erwürge sie.

»Nichts tun! In Ruhe lassen!« rief Bony.

»Hören Sie auf, Briggs«, schrie Mrs. Sayers. »Sehen Sie nicht, daß der Schurke bewußtlos ist? Helfen Sie mir auf!«

Bony lief zum Hauptlichtschalter. Als er wieder auf den Gang kam, stieß er mit Mr. Dickenson zusammen und kehrte, ohne sich zu entschuldigen, in das Schlafzimmer zurück.

Rose lag jetzt auf dem Rücken, Briggs war über ihn gebeugt und hielt die Fäuste gegen den wie leblos daliegenden Körper ausgestreckt. Bony gingen plötzlich die Nerven durch, er packte Briggs am Kragen, zerrte ihn zurück und befahl ihm, sich um Mrs. Sayers zu kümmern.

Man hörte das Polizeiauto heranbrausen. Mr. Dickenson hatte die Verandalichter angeknipst und war rechtzeitig am Gartentor, um das Auto einfahren zu lassen. Plötzlich war Mrs. Sayers' Schlafzimmer voll von Männern.

Inspektor Walters rief, ihn solle der Teufel holen.

»Was ist los mit ihm? Ist er tot?«

»Ich hielt es für gut, ihn mit einem Sandsack zu betäuben«, sagte Bony. »Sonst wäre er verloren gewesen.«

»Einfach wunderbar!« rief Sawtell. Er bewegte die Schale mit dem Entwickler hin und her. Es dauerte Bony zu lange. Er war neugierig, wie das Negativ ausgefallen war.

»Es ist alles darauf!« jubelte der Sergeant, als er den Film vom Entwickler ins Fixierbad legte. »In ein paar Minuten können wir ihn richtig ansehen. Wie zum Teufel sind Sie nur auf ihn gekommen?«

Bony gab keine Antwort auf diese Frage. Er war zu neugierig auf Bild, um in diesem Augenblick Erklärungen abzugeben. Er wartete atemlos. Dann hob Sawtell das Negativ und hielt es vor helles Licht.

Rose war deutlich zu erkennen. Er hatte beide Hände an Mrs. Sayers' Kehle.

»Hübsch, was?« sagte Sawtell. »Dieses Bild könnten wir für eine Million an die Zeitungen verkaufen.«

»Ich möchte bald einen Abzug davon haben«, sagte Bony. »Es ist einzigartig. Diese Frau! Sie hat sich großartig benommen, wenn sie ihn auch ein bißchen zu grob behandelt hat.«

Das Polizeiauto und Inspektor Walters' Privatwagen waren voll besetzt, als sie vor dem Haupteingang von Cave Hill College hielten. Auch Mrs. Sayers war mit von der Partie.

Mr. Percival empfing sie mit erstauntem Gesicht.

»Wir haben hier einen vom Friedensrichter, Mr. Willis, unterzeichneten Auftrag, die von Mr. Rose bewohnten Zimmer zu durchsuchen«, sagte Walters im Amtston. »Mr. Rose wurde heute früh unter der Anklage des Mordes verhaftet.«

»Was ... was ... was ... des Mordes ...«, stammelte Mr. Percival.

»Des Mordes!« unterbrach ihn Mrs. Sayers. »Sie müssen bis zur Entscheidung des Kuratoriums die Schule leiten. Führen Sie uns jetzt zu Mr. Roses Zimmern.«

Bony, Walters, Sawtell, Mrs. Sayers, Briggs und Dickenson, die zwei Beamten und Willis stiegen die breite Treppe zum ersten Stock hinauf. Sie kamen in das Arbeitszimmer, einen schönen großen Raum, von dem man Aussicht auf die ganze Stadt hatte. Die Wände waren bis zur Höhe der Decke mit Bücherregalen versehen. Dazwischen befanden sich zwei Safes.

»Dieses sind Mr. Roses Schlüssel, Mr. Percival«, sagte Bony. »Öffnen Sie bitte die Safes.«

Ohne eine Bemerkung nahm Percival die Schlüssel entgegen. Der größere Safe enthielt Rechnungs- und Scheckbücher, einen Geldbetrag und einige noch nicht eingelöste Schecks. Sie gehörten alle dem College. Der kleinere Safe wurde von Sawtell geleert. Er enthielt Dokumente und Bankabrechnungen. Das im Arbeitszimmer des Direktors herrschende Schweigen war bezeichnend. Walters und der Sergeant machten grimmige Gesichter.

»Wo ist das Schlafzimmer des Direktors?« fragte Bony ruhig. »Gleich nebenan«, antwortete Percival.

Das Zimmer, das sie betraten, war ebenso groß wie das Arbeitszimmer und hatte ebenfalls eine schöne Aussicht auf die Stadt. Den kleinen Safe in der Ecke hinter dem Schrank entdeckte Sawtell. Mr. Percival wurde ersucht, ihn zu öffnen. Er war von diesem außergewöhnlichen Einbruch in die geheiligten Räume des Direktors und der Ursache dieser Hausdurchsuchung ganz benommen. Er probierte vier der im Ring befindlichen Schlüssel, ehe es ihm gelang, den Safe zu öffnen. Alle Anwesenden drängten sich hinter ihn.

Sawtell räumte den Safe aus. Er enthielt einen Feldstecher,

ein Paar alte Schuhe, die seit Abies Erpressung nicht mehr benutzt worden waren – in der Sohle des linken Schuhs steckte noch der Reißnagel –, und vier seidene Damennachthemden.

»Dieses Hemd hat er von meiner Leine gestohlen«, stellte Mrs. Sayers mit etwas schriller Stimme fest. »Und das gehörte Mrs. Overton. Ich erinnere mich noch, wann sie es gekauft hat.«

»Mr. Willis, setzen Sie bitte ein Protokoll über den Inhalt des Safes auf, so wie er von Sergeant Sawtell entnommen wurde. Es muß von allen anwesenden Personen unterzeichnet werden und auch die Bemerkung enthalten, die Mrs. Sayers soeben über die zwei Nachthemden gemacht hat. Sie wird Ihnen helfen, die Hemden zu beschreiben.«

»Können wir dazu in das andere Zimmer gehen?« fragte der Friedensrichter.

»Ja, natürlich.«

Bony ging zu einem der Fenster. Vor ihm lag Broome. Mit Hilfe des in dem Privatsafe gefundenen Feldstechers konnte er deutlich die leeren Wäscheleinen hinter den Häusern der Witwen von Broome erkennen.

Bony verbrachte den ganzen Nachmittag mit der Abfassung seines Berichtes an das Landeskriminalamt, denn Rose sollte mit dem um sechs Uhr abends abgehenden Flugzeug nach Perth gebracht werden.

»Übrigens habe ich mir die Freiheit genommen, Mrs. Sayers und Briggs, Mr. Dickenson und Sawtell um halb acht hierherzubitten«, bemerkte Bony. »Nach meinem Dafürhalten schulde ich ihnen eine kurze Übersicht über den Gang meiner Untersuchung. Ich nehme an, daß Sie den Wunsch haben, auch dabeizusein.«

»Selbstverständlich.«

Als alle versammelt waren, begann Bony seine kleine Ansprache. »Ich möchte jedem von Ihnen meinen herzlichsten Dank für die Mitarbeit bei dieser nun beendeten Untersuchung sagen. Jeder hat seinen Teil dazu beigetragen, und alle haben wir ausgezeichnet zusammengearbeitet.

Dieses Mal habe ich einem Gegner gegenübergestanden, der außergewöhnlich intelligent war und zudem seine Verbrechen unter für ihn sehr günstigen Umständen beging. Die Ermordung von Mrs. Cotton bot weder einen Hinweis auf den Mörder noch auf sein Motiv. Die Untersuchung des Mordes an Mrs. Eltham hatte ebenfalls negative Ergebnisse, bis ich erfuhr, daß in der Nacht nach der Abreise der Mordkommission ein Mann in den frühen Morgenstunden ihr Haus verlassen hatte.

Was ich in Mrs. Elthams und anschließend in Mrs. Cottons Kleiderschrank entdeckte, gab tatsächlich den ersten Aufschluß über die Geistesverfassung des Mannes, der diese Frauen erwürgte. Der zweite Schritt war die Entdeckung, daß beiden Opfern vorher ein Nachthemd gestohlen worden war, und dieser zweite Hinweis war mit dem ersten eng verknüpft. Außer diesen zwei Tatsachen hatte ich nichts. Ich kannte zwar die Geistesverfassung des Mörders, aber zu seiner Identifizierung genügte die andere kleine Entdeckung nicht, die ich noch machte, nämlich, daß er an einer eigentümlichen Hautkrankheit litt, die den Namen Psoriasis führt. Ich hatte nicht genug Material in den Händen, um eine bestimmte Person mit diesen Morden in Zusammenhang zu bringen und konnte daher zu meinem tiefen Bedauern nicht verhindern, daß dem Mörder noch eine Frau zum Opfer fiel.

Als Mrs. Overton ermordet wurde, zeigte es sich, daß der Mörder nach einem ziemlich festen Plan vorging, und gerade dieser Plan ließ auf seinen geistigen Typus schließen und deutete auf seine Herkunft hin. Sie wurde noch ein wenig mehr durch seine Handlungsweise enthüllt, denn er zeigte dabei verschiedene Gewohnheiten seines normalen Lebens, zum Beispiel seine eingefleischte Leidenschaft für Ordnung.

Von der Kriminalwissenschaft wußte er weniger als ein Durchschnittsjunge von sechzehn Jahren. Er trug Gummihandschuhe, um keine Fingerabdrücke zu hinterlassen, und putzte dann unlogischerweise die Gegenstände blank, die er berührt hatte. Es wurde offenbar, daß der Mann zwar intelligent war, aber von der Aufdeckung von Verbrechen, mit der die Öffentlichkeit heute im allgemeinen bekannt ist, keine Ahnung hatte. Ich sah den Mörder als einen Mann, der nie seine Zeit mit modernen Massenmedien verschwendete und nie Romane las, die weniger als hundert Jahre alt waren.

Daß er seidene Damennachthemden stahl und Unterwäsche zerriß, deutete weniger auf einen sexuellen Wüstling als auf einen sexuell Unerfahrenen. Materieller Gewinn war sicher nicht sein Motiv, und hierin lag mein größtes Hindernis. Ich fand Anzeichen, die auf den ersten Blick vielversprechend waren, von denen sich aber dann herausstellte, daß sie nur Wert als zusätzliche Beweise hatten. Sie führten nicht direkt auf die Spur des Mörders.

Die Fußabdrücke, die er in und um Mrs. Overtons Haus hinterließ, waren sehr aufschlußreich. Für Fußabdrücke habe ich mich immer besonders interessiert und bin überzeugt, daß sie in der Kriminalwissenschaft einen noch wichtigeren Platz einnehmen könnten als Fingerabdrücke. Die Fußabdrücke des Mörders fügten wieder ein paar Striche zu seinem Bild hinzu, aber es war immer noch das Bild eines Mannes ohne Gesicht. Der Mann wog mindestens einen Zentner siebzig, hatte Schuhnummer 42 und war bei guter körperlicher Gesundheit.«

Bony hielt inne, um eine Zigarette anzuzünden. Niemand machte eine Bemerkung. Mrs. Sayers sah ihn an, als wäre er ein Gast aus einer anderen Welt. Mr. Dickenson hatte den Blick auf seine schäbigen Schuhe geheftet. Inspektor Walters spielte mit einem Lineal, und Briggs kaute ununterbrochen.

»Wäre ich dem Mann begegnet«, fuhr Bony fort, »wenn er dieselben Schuhe getragen hätte wie in der Nacht, als er Mrs. Overton ermordete, hätte ich zu meinem Bild ein Gesicht erhalten. Aber da mußte der arme Abie den Versuch machen, ihn zu erpressen. Was ich jetzt von Abie sage, steht nicht im offiziellen Bericht.

Abie starb nicht an einer Benzinvergiftung, sondern an einem anderen Gift, das ihm der Mörder nach dem Erpressungsversuch gab. Die Tatsache, daß Abie vergiftet und nicht erwürgt wurde, brachte mich wieder einen kleinen Schritt weiter. Er vergiftete Abie, weil dieser ein Mann und noch dazu ein Eingeborener war. Er würgte Abie nicht, weil er dadurch die Erinnerung an die Ekstase getrübt hätte, die er bei der Erdrosselung junger reizvoller Frauen empfand.

Welcher Mann in Broome konnte das sein? Einer, der die Eigenschaften hatte, die ich schon aufgezählt habe, und an Psoriasis litt.

Als er zum viertenmal ein Damennachthemd stahl und so zum viertenmal eine Reihe von Handlungen begann, die sich mit einer einzigen Ausnahme immer gleich waren, blieb von zwei Verdächtigen nur noch ein einziger übrig.

Er tötete die Frauen und versuchte, Mrs. Sayers zu töten, weil er sie haßte, und er zerfetzte ihre Unterwäsche, weil er etwas in sich selbst haßte. Psychologisch ist die Sache zu verwickelt, um sie Geschworenen klarmachen zu können, darum machte ich von ihm eine Aufnahme, als er versuchte, Mrs. Sayers zu erwürgen.

Haß entsteht oft aus Furcht. Dieser Mörder wurde von Furcht beherrscht. Er fürchtete, daß alles zerstört werden konnte, was er aufgebaut hatte. Er hatte es zu einer machtvollen Stellung gebracht. Er hatte Macht über andere und suchte diese noch dadurch zu verstärken, daß er ihre Liebe und Zuneigung gewann. Diese wollte er auf jeden Fall behalten, weil es zu spät war, die Liebe auch nur einer einzigen Frau zu gewinnen. Er wollte sich die Liebe der Jungen sichern, die er beherrschte, und diese vier Frauen und vielleicht noch andere bedrohten seine Macht.

Er ermordete Mrs. Cotton, weil sie ihm nicht würdig erschien, die Mutter eines seiner Schüler zu sein. Sie verkaufte alkoholische Getränke an gierige, lärmende Männer. Sie war somit eine Drohung für ihren Sohn und durch ihn für andere Schüler.

Er ermordete Mrs. Eltham, weil sie mit ihrer Gunst sehr freigebig war. Sie hatte einen zweifelhaften Ruf in der Stadt, von dem nach seiner Überzeugung auch seine älteren Schüler erfahren würden. Was er sich selbst versagt hatte, wurde eine Ungeheuerlichkeit, wenn es in anderen zum Durchbruch gelangte.

Was aber war der Grund, warum er Mrs. Overton ermordete? Ich werde auf Mrs. Overton zurückkommen, nachdem ich Ihnen berichtet habe, warum er versuchte, Mrs. Sayers zu ermorden. Er wollte die reizvolle Mrs. Sayers ermorden, weil sie einen beherrschenden Einfluß in der Schule hatte. Sie war das wichtigste Mitglied des Kuratoriums, und manchmal hatte er sich, er, der Direktor, vor ihr gedemütigt gefühlt. Sie war bei den Schülern sehr beliebt, weil sie oft richtig nette Schulfeste für sie veranstaltete.

Als er daher Mrs. Sayers ein Nachthemd stahl und so zu erkennen gab, daß sie sein nächstes Opfer sein würde, wußte ich, wer von den zwei noch in Betracht kommenden Personen der Mörder war, und ich wußte auch, warum er Mrs. Overton ermordet hatte. Mrs. Overton war mit Mrs. Sayers befreundet und ebenfalls bei den Schülern sehr beliebt. Der Mörder war derjenige, der sich leidenschaftlich um die Zuneigung der Schüler bemühte. Ah, da kommt das Auto.«

Lächelnd stand Bony auf.

»Mr. Dickenson und ich haben uns einen Abend in Dampiers

Hotel versprochen, wenn die Untersuchung beendet wäre«, sagte Bony. »Entschuldigen Sie daher, wenn wir uns so schnell verabschieden. Ich danke Ihnen, daß Sie mir so aufmerksam zugehört haben, und nochmals vielen Dank für Ihre Mitarbeit.«

»Ah, nach Dampiers Hotel wollen Sie fahren!« sagte Walters. »Ich fahre mit.«

»Ich auch!« rief Sawtell.

»Das Ganze halt!« rief Mrs. Sayers. »Und wir sollen hierbleiben! Briggs, wir wollen den Gin in Dampiers Hotel auch probieren. Kommen Sie, Esther! Sie wollen doch nicht allein hierbleiben?«

»Ich komme auch mit, Mavis«, verkündete Mrs. Walters entschlossen.

Johnno stürmte ins Büro.

»Ich bin da!« sagte er feierlich, denn die große Versammlung beeindruckte ihn.

»Also los!« Wir werden uns alle in Johnnos Auto zusammendrücken.«

Johnno hielt die Türen auf und komplimentierte sie alle in sein Taxi. Mrs. Walters mußte sich auf Sawtells Knie setzen. Mrs. Sayers kicherte, als sie auf Inspektor Walters' Schoß Platz nahm. Johnno zwängte sich hinter das Lenkrad, und Mr. Dikkenson sagte: »Johnno, fahr wie der Teufel!«

»Ich fahre immer wie der Teufel!« rief Johnno.

GOLDMANN

Der Krimi-Verlag

*1952 erschien im Goldmann Verlag
der erste deutsche Taschen-Krimi: Edgar Wallace'
»Der Frosch mit der Maske« war der Startschuß für
das Erfolgsunternehmen »Goldmann-Taschenbücher«
und die legendären »roten« Krimis.*

Michael Dibdin
Entführung auf italienisch   5193

Smartt Bell
Ein sauberer Schnitt   5197

Raymond Chandler/Robert
B. Parker, Einsame Klasse   5807

Richard Neely
Tod im Spiegel   4790

Goldmann · Der Taschenbuch-Verlag

GOLDMANN

Stuart Kaminsky

*»Kaminsky schafft im besten Sinne Spannung,
einerseits durch seine beeindruckenden Charaktere,
andererseits durch die Glaubwürdigkeit der Gefahr.
Er zeichnet ein authentisches Rußlandbild.
Kaminsky ist ein phantastischer Autor.«* Washington Post

Zwangsurlaub für
Rostnikow   5801

Roter Regen   5089

Der Mann, der wie ein
Bär ging   5157

Kalte Sonne   5111

Goldmann · Der Taschenbuch-Verlag

GOLDMANN

Der Krimi-Verlag

*1952 erschien im Goldmann Verlag
der erste deutsche Taschen-Krimi: Edgar Wallace'
»Der Frosch mit der Maske« war der Startschuß für
das Erfolgsunternehmen »Goldmann-Taschenbücher«
und die legendären »roten« Krimis.*

Haftay
Blinder Kurier   5162

Sven Böttcher
Der Auslöser   5175

Thomas Ziegler
Koks und Karneval   5145

Gisbert Haefs
Mord am Millionenhügel   5613

Goldmann · Der Taschenbuch-Verlag

GOLDMANN

Alberto Vázquez-Figueroa

Flucht, Verfolgung, Kampf auf Leben und Tod – Das ist durchgängig das Leitmotiv bei Alberto Vázquez-Figueroa. Aber er benutzt seine spannenden Geschichten immer wieder, um etwas über das Land und die sozialen Verhältnisse zu erzählen. Was an seinen Romanen fasziniert, ist die gelungene Verbindung zwischen spannender Handlung und Information über soziale Probleme und Zusammenhänge.

Tuareg   9141

Yaiza   9922

Manaos   8821

Hundertfeuer   41496

Goldmann · Der Taschenbuch-Verlag

GOLDMANN

Bestseller

*Tom Clancy und Sidney Sheldon, Utta Danella
und Danielle Steel, Heinz G. Konsalik und
Marie Louise Fscher, Colleen McCullough und Gillian Bradshaw,
Charlotte Link und Irina Korschunow –
internationale Weltbestseller garantieren Spannung und
Unterhaltung auf höchstem Niveau.*

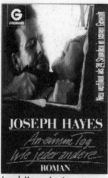

Joseph Hayes, An einem
Tag wie jeder andere   41154

Marcel Montecino,
Kalt wie Gold   41224

Robert Parker, Keine
Schonzeit für Spenser   41520

John Sandford,
Der indianische Schatten   41504

Goldmann · Der Bestseller-Verlag

GOLDMANN

Bestseller

Tom Clancy und Sidney Sheldon, Utta Danella
und Danielle Steel, Heinz G. Konsalik und
Marie Louise Fischer, Colleen McCullough und Gillian Bradshaw,
Charlotte Link und Irina Korschunow –
internationale Weltbestseller garantieren Spannung und
Unterhaltung auf höchstem Niveau.

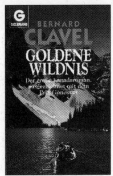

Bernard Clavel,
Goldene Wildnis   41008

Clive Cussler,
Das Alexandria-Komplott 41059

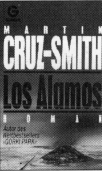

Martin Cruz-Smith,
Los Alamos   9606

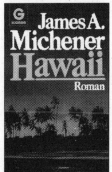

James A. Michener,
Hawaii   6821

Goldmann · Der Bestseller-Verlag